Udo Aschenbeck

# Woll

Roman



MännerschwarmSkript Verlag
Hamburg 1994

Udo Aschenbeck
Woll
Roman


Umschlaggestaltung: Trash-Line-Design, Hamburg
Satz: H & G Herstellung, Hamburg
Druck: Druckerei Runge GmbH, Cloppenburg
1. Auflage 1994
ISBN: 3-928983-21-0

MännerschwarmSkript Verlag GbR
Neuer Pferdemarkt 32 · 20359 Hamburg

Er saß schon am Tisch, neben Klaus. Ich setzte mich neben Ingrid. Sie hatte die Ellbogen auf dem Tisch, den Kopf in der Hand und die Haare nahe der Marmelade.

Mach dich nicht so breit, und wer bist du? fragte ich ihn.

Woll.

Woll aus Westfalen?

Nee.

Wo habt ihr den denn aufgegabelt?

Ingrid drehte sich zu mir um.

Geh doch wieder ins Bett.

Woll lächelte mich an.

Das ist doch noch ein Kind.

Hat er hier zu sagen? fragte Woll.

Ich mußte lachen. Woll stimmte ein.

Wie alt bist du eigentlich? fragte er dann.

Doppelt so alt, sagte ich.

So unbestimmt wie meine Antwort blieb uns sein Alter, und Väter erfand er viele. Wenn wir manchmal, wenn auch selten, seine Lügen satt hatten, gab er vor, ein Heimkind zu sein.

Anfangs glaubte ich, das sei die Wahrheit. Ein Stiefkind wäre auch wahrscheinlich gewesen. Manchmal wirkte er wie zwölf, manchmal stand er da wie ein Mann.

Er schien zart, eher schmal, hatte feine Hände, ein Ringträger, wie Ingrid bemerkte, als er den Lapislazuli von ihr übergestreift hatte. Als ich ihn dann unter der Dusche sah, die halblangen blonden Haare im Gesicht, war ich überrascht über die kräftige Brust, die muskulösen Arme.

Er lächelte auf Mona-Lisa-Art und breitete einladend die Arme aus.

Ich griff zum Handtuch neben dem Waschbecken und hielt es ihm hin. Er legte die Arme auf dem Kopf über Kreuz und wartete. Ich wickelte ihm das Handtuch um die Hüften, er ließ die Arme runter und legte sie um meinen Hals.

Fast immer, wenn er zärtlich wurde, kreuzte er die Arme über dem Kopf, und wenn er lag und ich mich zu ihm beugte, umarmte er mich.

Sein Gesicht war offen und weich, fast ohne Eigenart, unvorstellbar, daß es alt werden sollte. Die Augen blickten scheu, dreist, verschlossen, sie lagen umflort von Unschuld, Geheimnissen, Torheit oder von Unwissenheit. Die Lippen waren so fest wie die Kirschen aus dem Alten Land.

Wir, das hieß die Wohngemeinschaft, durchlebten im Sommer des Jahres 1976 eine Krise, zweifelten an unserem Gemeinsinn. Ingrid war im Frühjahr in Griechenland gewesen, Klaus wollte im Herbst dahin, ich wurde alt, und Herta schien, jedenfalls nach ihrer Ansichtskarte zu urteilen, die Mittsommernacht in Schweden so begeistert zu haben, daß sie weiter bis Hammerfest wollte und dann auch noch nach Finnland.

In der Wohnung stand ein Zimmer immer leer und

bot Besuchern Platz, und wenn nicht Woll an der Autobahnraststätte gestanden hätte, als Ingrid und Klaus von einem Pflichtbesuch bei ihren Eltern aus Hannover zurückkamen, sie hätten garantiert einen anderen eingeladen, um unser Allerlei zu beleben.

Es war noch nicht so lange her, daß wir uns von Kommunisten zu Anarchisten gemausert hatten, noch waren wir von der hiesigen Szene am Fischmarkt nicht anerkannt, noch standen wir zwischen den ideologischen Fronten, und jeder Lückenbüßer war willkommen.

Wir wohnten in der Meißnerstraße in Hamburg-Eimsbüttel, oben in einem zweistöckigen Haus aus der Jahrhundertwende, das frisch renoviert worden war. Bis auf das Zimmer direkt neben der Küche, in dem Klaus jetzt sein Matratzenlager hatte, waren die drei anderen durch Flügeltüren verbunden, und ein großer Balkon öffnete die Suite von meinem Zimmer nach Südwesten.

Das Haus lag zurückgesetzt, mit einem Vorgarten, nicht wie die anderen direkt an der Straße, war auch das einzige, das den Krieg überstanden hatte, ein Relikt aus der Zeit der Kutschen inmitten der Zweckbauten der Adenauerzeit.

Uns schien es, als ob die anderen Hausbewohner nur dazu da wären, die Spießigkeit der Zeit zu wahren und unser Treiben mit Argusaugen zu überwachen.

In der Parallelstraße, im Weidenstieg, sah es schon ganz anders aus, da gab es das *Adler* von Uschi Obermeier und ihrem Freund vom Kiez, da parkten Ludenschlitten auf dem Bürgersteig, und drinnen herrschte eine Stimmung wie in der *Palette* am Gänsemarkt, die ich als Lehrling auf dem Weg zur Arbeit jeden Tag passiert hatte, als der

Rock' n' Roll schon nicht mehr tonangebend gewesen war, der Twist die Paarbindung aufgelöst und Hubert Fichte seine Randgruppenerlebnisse dort beendet hatte.

Warum habt ihr nicht auf dem Balkon gedeckt? fiel mir ein.

Klaus zeigte auf Woll.

Er wollte dich nicht stören.

Woll stand auf, ging über den Flur durch mein Zimmer auf den Balkon, reckte sich, lächelte uns zu, kam wieder zurück, fragte:

Ob ich wohl duschen kann?

Ingrid lachte, zeigte mit der Hand nach rechts neben den Ausgang der Küche.

Er fragt immer, sagte sie, als Woll im Badezimmer verschwunden war: Ob ich wohl rauchen darf?, Ob er wohl noch schläft?

Ich stand auf, um mir die Hände zu waschen, und sah ihn nackt.

Dann duschte ich auch. Woll hatte sich auf das Geländer vom Balkon gesetzt und schüttelte das feuchte Haar. Das Handtuch, das ich ihm um die Hüfte gewickelt hatte, war aufgegangen. Mit beiden Händen schützte ich meine Augen vor dem Sonnenlicht.

Ich dachte, wir machen was zusammen, sagte er.

Eigentlich sollte ich mit Klaus einkaufen. Er war in seine Werkstatt im Keller der Vereinsstraße vorausgefahren, um ein Fahrrad wie versprochen fertigzubasteln und um seinen Bernhardiner zu versorgen, mit dem er dort auch schon mal übernachtete.

Nachdem Werner ausgezogen war, hatte ich mich geweigert, den Hund in der Wohnung zu akzeptieren; Herta auch, sie hatte Angst vor dem Tier. Mir hatten die beiden Katzen von Werner gereicht, die sein Zimmer vollpißten, wenn er wegblieb.

Ich wollte auch anfangs nicht, daß Klaus bei uns einzog, aber Ingrid, als seine Schwester und als Sozialpädagogin, hatte gebettelt, und Klaus hatte versichert, er könne zwischen Wohnung und Werkstatt trennen.

Als die ersten Fahrradteile im Flur auftauchten, kam es regelmäßig zu Diskussionen am Küchentisch. Als wieder einmal Sperrmüll war, schleppten Herta und ich die Ersatzteile auf die Straße, den Schrott aus seinem Zimmer auch. Die Diskussionen waren damit beendet. Ingrid hätte gern weiter geschlichtet, suchte statt dessen nach einem Ausgleich, trat einer Frauengruppe bei und ging auf Konfrontationskurs.

Ob sie denn nichts aus der Geschichte gelernt hätte, giftete ich, aber sie stellte schon am Frühstückstisch die Machtfrage, wenn ihr Wunsch nach Quittenmarmelade beim Einkauf nicht berücksichtigt worden war.

Als sie mich neben Woll auf dem Balkon sah, wie ich versuchte, ihm das Handtuch wieder festzubinden, sagte sie:

Müßt ihr das in aller Öffentlichkeit machen?

Woll rutschte vom Geländer, das Handtuch fiel zu Boden, und Ingrid, die in vielen Wohngemeinschaften viele nackte Männer gesehen hatte, wurde rot.

Komm doch mit, sagte er.

Wohin? fragte ich. Die Veränderung von Wolls Stimmung gefiel mir nicht.

Er drehte sich zu mir um, lächelte, und der Anflug von Eifersucht war verflogen.

Warum nicht? sagte ich.

Aber Ingrid merkte, daß ich wieder in der stärkeren Position war, und gab vor, sich noch für die Frauengruppe vorbereiten zu müssen.

Wir hatten das Haus ohne Ziel verlassen, waren an der Christuskirche vorbei über die breite Schäferkampsallee gespurtet, waren die Weidenallee hochgegangen, und als wir uns der Sternschanze näherten, wußte ich, wohin wir wollten.

Wir fahren in den Hafen.

Das ist gut, da wollte ich schon immer hin. Mein Vater war Seemann, und bevor er starb ...

Der ist schon tot?

Er ist in Brasilien gestorben.

In Brasilien?

Er hat mich noch aus dem Krankenhaus angerufen.

Aus welchem Krankenhaus?

Glaubst du mir nicht?

Wir gingen zwischen dem Bahndamm und dem Schwulengelände, ich wußte nicht, was dort noch alles im Busch war, blieb daher lieber auf dem Weg zur U-Bahn-Station und fragte nicht weiter nach.

Von Wolls vielen Vätern war dieser in Brasilien, vermutlich am Curaregift eines Indianerpfeils, gestorben. Ein anderer, an dem er hing – er sprach mit Anteilnahme von seiner Pfeifensammlung, vom Ritual des Säuberns und Stopfens –, war im Main ertrunken.

Woll will zu der Zeit in Bramsche gelebt haben, was glaubwürdig war, denn er kannte den Dümmer.

Den linken Arm ein wenig nach vorn geschoben, die Hand ausgestreckt, drehte er die Handfläche nach oben, hob den Arm, lächelte, dann war der Geist für Erklärungen in ihn gefahren, und ich erfuhr, daß der Vater, der auch ein leidenschaftlicher Angler gewesen war, zu einem Wettangeln vom Verband der südhessischen Süßwasserfreunde ...

Süßwasserfreunde?

Er wischte meinen Einwand weg, und recht hatte er, denn die Produktion der Wasserleiche erforderte klare Verhältnisse, die durch Hertas Erscheinen gestört wurden. Woll, der vor mir im Sonnenschein kniete, sprang vom Bett und ging auf den Balkon.

Ich kann nichts dafür, sagte sie und sah ihm nach.

Schon als sie aus Skandinavien zurückgekommen war und der erste Sturm der Begrüßung sich gelegt hatte, stellten wir fest, daß Woll sich davongemacht hatte.

Einfach abgehauen.

Klaus fand das gar nicht gut.

Das war nicht seine Art, denn in ähnlichen Situationen, wenn wir uns zusammenfanden und eine bessere Welt forderten, saß er still dabei und lächelte.

Herta konnte zwar nichts dafür, aber in Hammerfest war ihr ähnliches passiert.

Sie hatte sich zu zwei Lappen an den Tisch setzen wollen. Der jüngere hatte sofort seinen Körper an die Stuhllehne gepreßt und für den Rest ihrer Anwesenheit stumm und starr geradeaus gesehen.

Als sie sich beim Verlassen des Lokals noch einmal umgedreht hatte, hatte er wie gebannt – das konnte sie in seinen Augen lesen, wie sie beteuerte, denn er hatte sie zum ersten Mal angesehen – auf ihr Verschwinden gewartet.

Sie verlangte verbissen nach einer Erklärung, aber mein Angebot, einen untergründigen Mutter-Sohn-Konflikt als Deutungsmuster zu nehmen, gefiel ihr nicht, obwohl ich sie auf die Parallelität von nomadisierenden Lappen und streunenden Trebegängern hinwies.

Herta empfand sich als fünftes Rad am Wagen.

Wenn du unbedingt mit ihm zusammensein mußt, dann nicht hier in unserer Wohngemeinschaft.

Ingrid und Klaus waren zwar nicht auf ihrer Seite, aber aus Solidarität stimmten sie ihr zu.

Ich bleibe, Woll auch, und wenn dir das nicht paßt, dann mußt du gehen.

So radikal war unsere Gemeinschaft noch nicht in Frage gestellt worden, und wir erschraken. Wir wollten nicht wissen, daß wir die Versprechen, die wir uns gegeben hatten, nicht einhalten konnten. Wir einigten uns darauf, wieder mehr zusammen zu machen, und Klaus übernahm die Aufgabe, zum Fischmarkt zu fahren und dem dortigen Kollektiv ganz konkret unsere Hilfe anzubieten.

Mit Herta sprach ich noch mal allein, sie war verletzt. Ich glaube, sie hat sich damals schon auf ihre Bestimmung in der Astrologie konzentriert und gar nicht richtig zugehört.

Woll blieb auf dem Übergang von der U-Bahn-Station

zu den Landungsbrücken stehen. Ihm war das Herz aufgegangen beim Anblick des Hafens, und ich weidete mich an seinen großen Augen.

Ich war schon angesteckt von seiner Art und malte ihm aus, wie ich als Kapitän auf einen Barkassenführer zeige, der den Touristen Döntjes erzählt, und ihnen zurufe: He lücht!

Er kannte die Anekdote noch nicht, und das Lachen trug uns die Stufen hinunter auf die Pontons. Er setzte sich auf einen Polder, ich stellte mich neben ihn, legte die Hand auf seine Schulter, und wir blinzelten im Widerschein des Wassers in die weite, weite Welt.

Glaubst du, wir werden die Erde einmal verlassen?

Ich neigte zwar zu kosmischen Gedankengängen, aber die Idee war mir noch nicht gekommen, selbst als Gagarin den Mond betreten hatte.

Meinst du mit der *Enterprise*?

Er verstand die Anspielung nicht, und ich war froh darüber, denn sie hätte ihn gekränkt, und als er mit überirdischer Anmut seinen Kopf an meine Brust lehnte, zu mir hochsah und lächelte, da schämte ich mich.

Hast du noch was zu rauchen? fragte er dann.

Ich würde ihm noch aus der Hand fressen, wenn das so weiterging. Natürlich hatte ich wie immer ein *piece* dabei.

Nicht hier, hier sind zu viele Leute.

Das macht doch nichts.

Das macht auch nichts, aber mich macht es konfus, wenn ich angekifft bin.

Schade.

Er stand auf.

Und was machen wir jetzt?

Du kannst ja ins Wasser springen.

Ich kann nicht schwimmen.

Das überraschte mich. Er hob den Arm, zeigte elbeaufwärts.

Gehen wir dahin.

Hast du jetzt das Ruder übernommen?

Ob ich wohl darf?

Die *Prinz Hamlet* gab Laut. Woll blähte die Backen, versuchte, den Ton nachzumachen, entlockte seiner hellen Stimme ein flirrendes Summen, und ich sagte:

Du solltest dich als Hafensirene ausbilden lassen.

Bist du eigentlich verliebt in mich?

Er legte die Hände in den Nacken und sah himmelwärts.

Ich sagte:

*Es ist ein Schnitter, der geht über Land. Es ist ein Herz, das bleibt als Pfand. Die Rosen welken, der Tag vergeht. Es kommt ein Sturm, er fragt dich nicht. Er reißt dich mit, du magst es nicht. Er reißt dich in die Nacht.*

Anfangs hatte Woll meine Gedichte noch gelesen, doch sie schienen ihm nur zu bestätigen, was er ohnehin wußte.

Das muß schön sein für dich, so was zu schreiben.

Es beeindruckte ihn nicht, aber als wir uns wieder einmal Reisen ausmalten und er behauptete, Florida läge an der Westküste Amerikas, ich ein Blatt Papier nahm und eine Weltkarte zeichnete, sah er von Florida zu mir auf.

Du bist ein Genie.

Wieso?

Du hast die Welt im Kopf.

Ich war so töricht, zu glauben, er meine meine Weltanschauung, und hub schon zu Ratschlägen an. Er legte die Hände in den Nacken, lächelte, sagte:

Du Gustav, ich Woll, dann lachte er, stützte einen Ellbogen auf meine Schulter und nahm mir mit der anderen Hand den Kuli weg, denn ich war inspiriert und wollte gerade ein paar Zeilen notieren.

Weißt du was? Ich habe Hunger.

Typisch, dachte ich.

Wir hatten uns am Fischmarkt auf den Ponton gelegt, an dem sonntags zum Markt die Kutter lagen. Wir hatten einen Joint geraucht und ließen uns von den Bugwellen der Schiffe schaukeln.

Das dauert aber lange.

Was?

Bis die Wellen hier ankommen.

Ich schwieg, mir war das bekannt.

Und davon wird man seekrank?

Nur Kinder, Erwachsene nicht.

Bist du schon lange erwachsen?

Ich bin so erzogen worden.

So gründlich?

Wir hatten uns beide aufgerichtet.

Ich habe Hunger, sagte er.

Hier gibt es nichts.

Er blickte fast verzweifelt um sich.

Komm zu dir, du wirst schon nicht verhungern.

Dich betrifft es ja nicht.

Die vom Fischmarkt wollten eine Volksküche einrichten, an der Tür könnten wir auf Plansoll pochen. Ich führte also Woll die Buttstraße hoch.

Was stinkt das hier?

Ich wies auf den Speicher, denn was so vergoren roch, dampfte dort aus den Fugen. Die Treppe zur Großen Elbstraße war vollgemüllt, und die allgemeine Schmuddeligkeit ringsumher bildete mit den heruntergekommenen Häusern ein in sich stimmiges Ensemble. Auf der Terrasse vor der Kneipe lag eine Kreissäge und im Eingang Latten, die bestimmt für eine Verschalung anderswo gedacht waren. Zu sehen war keiner.

Ein Regal für die Kleider hatten sie schon letztes Mal gebaut, als sie die Wäsche kollektiviert hatten. Klaus war begeistert davon gewesen, aber ich hatte nicht nur den Besitz meiner Unterhosen, auch meine Unterhemden, meine Socken und meine Bettwäsche verteidigt.

Es war nicht der erste Kulturkampf, den ich ausgefochten und gewonnen hatte. In der Hochblüte kommunistischer Bewegung, als wir am Stadtrand von Hamburg im Kollektiv zu neunt ein Zweifamilienreihenhaus bewohnten, hatte ich mir die Freiheit erlaubt, *Troubadour* zu hören, auch *Lulu* von Alban Berg, was schon fast als entartet galt, und ich hatte beim Großeinkauf darauf bestanden, daß Honig nicht gleich Honig war, und nach einem würzigen Heidehonig verlangt, den es nicht in jedem Supermarkt gab.

Woll aß, was auf den Tisch kam. Die Kochkunst war ja als erste ins bürgerliche Lager geschwenkt, und wenn ich, was immer seltener wurde, etwas Feineres wie zum Beispiel Saltimbocca machte, aß er auch das ohne Begeisterung und ohne Murren.

Er hörte sich die Rhythm-and-Blues-Platten von Klaus an, die Folklore von Herta, und wenn ich, besonders an heiteren Sommerabenden, das *Stabat Mater* von Rossini spielte, hörte er auch zu.

Er konnte alles für sich gebrauchen. Eine Vorliebe, die sich aus der Erinnerung an Einmaliges speiste, schien sich bei ihm nicht herausgebildet zu haben. Ansprüche, die über die momentane Situation hinausgingen, kannte er nicht.

Er hatte ein feines Gespür für zwischenmenschliche Töne. Wenn wir am Küchentisch die Revolution wiederkäuten, registrierte er den Stand unserer Beziehung und stellte sich darauf ein.

Als Klaus meine weiße Unterwäsche zusammen mit den gefärbten T-Shirts von Herta gewaschen hatte und ich voller Verzweiflung die wohlsortierte Schraubensammlung in seinem Zimmer zu Fall bringen wollte, hielt er mich zurück.

Er hat es doch nicht extra gemacht, sagte er, und als ich schrie:

Er hat nicht dran gedacht, das ist viel schlimmer, das wirst du nie begreifen! schlug er mir ins Gesicht und ging.

Ich wehrte mich nicht. Ich ging in die Küche, setzte mich, weil die Knie angefangen hatten zu zittern, und zum erstenmal seit Jahren weinte ich.

Hier soll ich satt werden? fragte er.

Werner! rief ich, du schwule Sau!

Keine Antwort. Wir stolperten über die Latten in die Kneipe, blieben stumm.

Hier ist gekämpft worden, sagte Woll, hob ein heiles Bierglas auf und stellte es auf die Theke.

Und gearbeitet, sagte ich.

Woll lächelte.

Laß uns gehen, hier gibt es nichts.

Ich will wenigstens guten Tag sagen.

Dann gib mir etwas Geld, ich werde schon was finden.

Warte, ich komme mit.

Aber gib mir später keine Schuld.

Wir gingen die Carsten-Rehder-Straße hoch, überquerten die Breite Straße gegenüber der Post. Woll entdeckte weiter oben einen Lebensmittelladen, kam mit einem gebratenen Kotelett und einem Rundstück zurück, wir bogen links in den Pepermölenbek ein, und noch auf dem Weg von der Hamburger Hochstraße bis zur Reeperbahn hielt ich meine Vorhaltungen zurück.

Als wir die *Oase* passierten und er ins Kino wollte, wo ein Katastrophenfilm versprach, die Welt noch mal zusammenzufügen, brach es aus mir heraus.

Außer Konsum hast du wohl nichts im Kopf!

Er lächelte, sprach aber ernst.

Du mußt nicht mit.

Diese völlig das Thema verfehlende Antwort machte mich unheimlich wütend, und ich schrie:

Darum geht es nicht!

Woll stand wie gegossen, sagte ganz ruhig:

Nur darum.

Wenn du meinst, sagte ich beim Weggehen, du hast ja noch das Wechselgeld von vorhin, das dürfte reichen.

Ich weiß nicht mehr, welchen Weg ich zurück gelaufen

bin, ich glaube, ich bin durchs Schulterblatt gegangen. Ich war verstrickt in ein Chaos aus Rechtfertigung und Selbstvorwürfen, war froh, daß niemand zu Hause war und ich mich hinsetzen konnte, um Gut und Böse voneinander zu trennen.

Unter der Dusche behauptete sich eine Frage: Wo kommen wir hin, wenn man die Verantwortung für die Welt ablehnt und jeder nur seinen Bedürfnissen folgt?

Als ich nackt auf den Balkon trat, schämte ich mich für mein Verhalten, ich bereute meine letzten Worte, beschloß, zu ihm zurückzukehren, zog mich an, bestellte ein Taxi – wenn Klaus und Ingrid mich dabei erwischten, welchen Notfall konnte ich vorgeben? – und fuhr zurück zur *Oase*.

Woll hatte nicht auf mich gewartet, und im Kino konnte er nicht sein, denn das Wechselgeld hätte nicht gereicht.

Ich lächelte dem Katastrophenbild über dem Eingang zu und sagte mir – in einer Nacht aus Blei –, jeden ereilt es.

Ich wollte schon in die Talstraße, um in den Dunkelräumen eines Pornokinos wieder Halt zu finden, als mir jemand auf die Schulter tippte, sich duckte, als ich mich umdrehte, meine Hüfte faßte und mich hochhob.

Ich habe gewußt, daß du wiederkommst.

Er hatte mich wieder überrumpelt, und mir wurde plötzlich feucht in den Augen. So konnte es nicht weitergehen.

Er legte den Arm um meinen Hals und küßte mich. Ich sah mich beschämt um, ein stämmiger Blonder vor den Anzeigekästen lachte uns zu und sagte: Da hast du aber Glück gehabt, Alter.

Wo warst du denn? fragte ich.

Ich habe mir eine Frühlingsrolle geholt, sagte Woll und zeigte zur Seitenstraße.

Ich überwand meine Scheu, legte den Arm um ihn, wir gingen die Reeperbahn hoch, bogen in die Davidstraße ein, überquerten die Bernhard-Nocht-Straße beim Astra-Haus, und oben, unter den Linden, beim Anblick des Hafens, blieben wir stehen.

Wieder angekommen, sagte Woll.

Ich wollte ihm noch den Ausblick vom Stintfang zeigen, und als wir über die Kersten-Miles-Brücke und an der Jugendherberge vorbeigegangen waren, oben über dem Hafen standen und die Welt uns zu Füßen lag, fragte Woll:

War das jetzt unsere Hochzeitsreise?

Ich zitterte. Zogen da in der Ferne von den Harburger Bergen her Wolken auf? Woll zog mich zu sich auf die Steinbrüstung.

Dunkle Gedanken?

Ich wollte es wissen, steckte einen Groschen in das Fernrohr, nahm die Brille ab und versuchte, die Berge zu orten. Woll bemerkte:

Der Himmel ist blau, falls du das wissen willst.

Ich fahndete weiter, und obwohl Woll ein paarmal das Rohr in die richtige Richtung tippte, die Harburger Berge tauchten nicht auf.

Mach dir nichts draus, du kannst ja auch nicht Auto fahren.

Woher weißt du das?

Das merkt man doch, sagte er, und lächelte dabei.

Und dann stellte sich heraus, daß Ingrid und Klaus auf

der Fahrt über mich geschludert hatten und Woll einiges über mich wußte, von dem ich keine Ahnung hatte.

Und was haben sie dir noch erzählt?

Sonst nichts.

Entrüstet stemmte ich die Arme in die Hüfte.

So hat meine Mutter sich auch aufgebaut, bevor sie anfing zu zetern.

Eine Mutter hast du auch?

Meine Stiefmutter, mein Vater war ja kriegsbehindert und ...

Moment, von welchem Krieg?

Ich hatte mich ja längst ergeben, aber ich wollte doch den Schein wahren, und als Woll wieder Hunger hatte und wir zum Essen ins *Benfica* in die Hafenstraße hinabgestiegen waren, nahm er meinen Arm, und wieder fragte er:

Du glaubst mir doch?

Ich konnte ihm nur zustimmen.

Woll stand am liebsten gar nicht auf. Nur wenn die Sonne schien und er vom Bett aus den Oleander auf dem Balkon sah, der wie Vanille duftete, dann richtete er sich früher auf. Er breitete die Arme aus und sagte zu Ingrid, die jeden Morgen mit der Gießkanne durchs Zimmer ging, um die Pflanzen zu versorgen:

Das ist schön, wenn man eine Aufgabe hat. Und wenn Ingrid lachte, sagte er:

Das könnte mir auch gefallen.

Er sah ihr dann noch eine Weile zu und schlief wieder ein.

Wenn es bedeckt blieb und er am Nachmittag immer

noch im Bett war, wo ich schon ein paarmal nach ihm gesehen hatte, und schließlich zu ihm sagte:

Du mußt doch irgendwann aufstehen, antwortete er:

Sicher, wie jeden Tag.

Ich wurde ärgerlich, denn ich hatte mich im Laufe meines Lebens zum Frühaufsteher entwickelt, und gerade an schlechten Tagen müsse man besonders aktiv sein, war meine Meinung.

Was regst du dich auf, sagte Woll. Komm, leg dich zu mir.

Eines Tages war er schon aufgestanden, als ich mit den Brötchen vom Bäcker kam, und er ging fort, ohne zu frühstücken. Ich deckte wie immer für alle den Tisch und sagte dann in die Runde:

Wie gewonnen, so zerronnen.

Ich finde, du solltest Geld verdienen, sagte Klaus, in deinem Alter so rumzulungern, das wäre nichts für mich.

Irgend etwas war außer Kontrolle geraten. Ein stiller Konsens war gebrochen. Bisher war es selbstverständlich gewesen, den Staat zu schröpfen, solange es eben ging, und noch nie hatte mich jemand in dieser Weise auf meine siebenunddreißig Jahre angesprochen.

Herta legte Klaus die Hand auf den Arm.

Das finde ich unheimlich selbstgerecht, was du sagst. Du kriegst doch auch Geld vom Arbeitsamt.

Aber ich tu was.

Ich kann das schon verstehen, sagte Ingrid, mich nervt das auch, daß du nichts anderes tust, als Woll die Sachen hinterherzuräumen.

Stimmt, sagte Herta, da habe ich auch keinen Bezug zu.

Das Bezugssystem war also verlorengegangen, die Gemeinschaft zerbröselte wieder einmal, das gute Gefühl, Vorhut zu sein, war nur noch Erinnerung und Anspruch. Es mußte etwas geschehen.

Wir müssen wieder auf die Straße, sagte ich.

Das war die zündende Idee.

Zu einer Fahrraddemo, sagte Klaus.

Das Lachen einte uns, und wir beschlossen, einen Plan zu machen und dann mit klaren Vorstellungen im Kopf die Konkurrenz am Fischmarkt aufzufordern, uns zu unterstützen.

Es war schön, wieder die Stimme zu erheben und den Ton anzugeben. Das Frühstück dauerte nun immer bis zum Nachmittag, und wenn Ingrid nach Steilshoop zur Arbeit im Haus der Jugend mußte, legte ich mich erschöpft aufs Bett, um die Auseinandersetzung am Fischmarkt ausgeruht führen zu können.

Wie ich so nachdachte, kam Woll. Überrascht war ich schon, aber ich hatte mir das Wiedersehen bereits in allen Varianten vorgestellt, wollte keine Fragen stellen und nicht persönlich werden.

Setz dich, sagte ich, wir haben viel vor. Wir veranstalten im Schanzenviertel einen Tag der offenen Straße, und wir brauchen jeden, der uns hilft.

Ob ich wohl rauchen darf? fragte er.

Dann gehen wir auf den Balkon.

Es war mir gleich aufgefallen, daß er eine neue Jeans trug und ein Hemd. Ich kannte ihn nur in T-Shirts. Er öffnete das Hemd, holte eine Zigarette aus der Brusttasche, setzte sich aufs Geländer, holte das Feuerzeug aus der Hosentasche, zündete die Zigarette an.

Also, was soll ich tun?

So konkret waren die Vorbereitungen noch nicht. Die Diskussion mit den Fischmarktleuten stockte an dem Punkt, wo sie darauf bestanden, ein Auto abzufackeln, bevor das Buffet eröffnet wurde.

Wir hatten nämlich vorgeschlagen, zum abschließenden Fest etwas anzubieten, nicht nur Bier rüberzureichen, sondern ein paar Tische mit Selbstgemachtem zum Selbstkostenpreis aufzustellen. Ingrid hatte sich in die Idee festgebissen, um jedes Auto in der Vereinsstraße einen Bannkreis aus Blut – durch rote Farbe symbolisiert – zu ziehen. Aber ich war immer noch auf einen Kompromiß aus und fragte Woll:

Kannst du dir ein Auto vorstellen, das nicht dem Individualverkehr dient?

Woll nahm die Zigarette in die linke Hand, legte die rechte in den Nacken, strich dann über Hals, Brust und Bauch, hakte sich mit dem Daumen im Gürtel ein, kraulte sich und sagte:

Dann muß man es schieben, dann dient es dem Autoverkehr.

Ich konnte mich gar nicht wieder einkriegen vor Lachen, lehnte mich neben ihn ans Geländer, nahm die Brille ab, wischte mir die Tränen weg und hatte eine großartige Vision: Ein paar von uns, als Hausfrauen verkleidet, zogen mit Einkaufswagen als Autos von der Bellealliancestraße hoch in die Vereinsstraße.

Ich war mir sicher, diese Idee bei der nächsten Besprechung durchsetzen zu können, denn es war allgemein anerkannt, daß bisher zuwenig Spaß gelaufen war und wir durch unseren Eifer eine freudlose Zukunft vermittelt hatten.

Du kannst ein paar Einkaufswagen besorgen, sagte ich.

Und du?

Ich komme mit.

Zu diesem Zweck mußten wir zu *Penny* in der Weidenallee Ecke Altonaer Straße. Jeder griff sich einen Einkaufswagen.

Wo wollen Sie damit hin? rief uns eine Kassiererin nach.

Leergut holen, sagte ich im Umdrehen.

Auf dem Weg die Amandastraße hinunter malte ich Woll den Spaß aus.

Klaus, dem ich die Idee vortrug, verstand erst nicht. Er schüttete seinem Bernhardiner Wasser in eine angeschlagene Emailleschüssel, sah die Vereinsstraße rauf und runter, wohl um sich den Aufzug der falschen Hausfrauen mit ihren falschen Autos vorzustellen.

Seit wann bist du denn wieder da? fragte er Woll.

Woll lächelte. Klaus drehte am Vorderrad eines Fahrradgestells, das auf Sattel und Lenkrad ruhte, nahm das Hinterrad, das am Eingang zur Werkstatt lehnte, und fügte es in die Gabel.

Paßt.

Ist das erwähnenswert? fragte ich leicht gereizt, denn er sollte sich zu meinem Vorschlag äußern.

Mit deiner Ungeduld solltest du dich echt mal auseinandersetzen, dann würdest du auch weniger kiffen.

Drogen waren für ihn das trojanische Pferd der Bourgeoisie, verbanden sich mit den Begriffen *enthemmt*, *maßlos*, waren Ausdruck von Verzweiflung. Das Argument der Bewußtseinserweiterung ließ er nicht bei jemandem gelten, der ständig ein *piece* bei sich trug.

Ich war nahe dran, ihm einen Vortrag über Formen der Sucht zu halten, denn mir konnte er nicht weismachen, daß ein Bernhardiner als Lebensgefährte und seine Hingabe an Muttern, Schrauben und Räder Ausdruck einer ausgeglichenen Bedürfnislage waren.

Die Sucht ist die Krise des Konsums, sagte ich ohne weitere Erläuterungen und wußte ihn in der Defensive, denn auf dem Feld der Theorie konnte er mich nicht schlagen.

Klaus zeigte auf die beiden Einkaufswagen.

Im Keller ist kein Platz dafür.

Dann bleiben sie vor dem Eingang, entschied ich, winkte Woll, und wir gingen.

Klaus würde für einige Zeit schweigen, denn er schätzte meine Überlegenheit überhaupt nicht. Auch ich schwieg.

Ihr seid merkwürdig zueinander, sagte Woll, als wir vor der Schäferkampsallee auf grün warteten.

Wir haben gesellschaftliche Probleme.

Ihr könnt beide nicht nachgeben.

Wo hast du das denn aufgeschnappt?

Ihr habt einen ungelösten Vater-Sohn-Konflikt miteinander.

Dies Zitat von Ingrid war aus seinem Mund nicht ohne Witz. Ich legte den Arm um ihn und sagte:

Da sind wir beide doch besser dran.

Aber wir sind noch lange nicht verheiratet, konterte er.

Dies Schicksal hat mir der Rechtsstaat erspart, sagte ich,

blieb stehen, zog ihn an mich, und wieder hob Woll die Arme, um sie dann um meinen Hals zu legen. Ein Ehepaar, das uns entgegenkam, sah diskret weg.

Als wir am Getränkemarkt vorbeigingen, fragte Woll: Warum haben wir die Wagen nicht hier geholt?

Die haben hier ein anderes Transportsystem.

Ich verkniff mir die Bemerkung, daß er das eigentlich hätte mitkriegen müssen, wenn er sich auch nur einmal an der Versorgung des Haushalts beteiligt hätte. Woll fragte nicht weiter nach. Ein anderes Transportsystem eben.

Zu Haus saß Herta am Küchentisch und heulte. Als sie Woll sah, stockten die Tränen, sie stand wortlos auf und ging in ihr Zimmer.

Woll lächelte mich an, und dies Lächeln entzündete eine jähe Eifersucht. Ich wußte, die beiden hatten etwas miteinander, ich wußte plötzlich, warum Herta so dringend für drei Tage zu ihrer Erbtante nach Freiburg mußte: Nicht, weil diese an einem Oberschenkelhalsbruch litt und Herta die Versorgung für sie regeln mußte, sondern, weil sie mit Woll zusammensein wollte.

Du hast also deine anfängliche Abneigung gegen sie überwunden, sagte ich.

Sie hat mir Geld geboten.

Das glaube ich nicht.

Ich stellte den Wasserkessel wieder weg, für den ich keine Verwendung mehr hatte, und setzte mich. Woll hatte bereits Zucker und Sahne auf den Tisch gestellt und nahm jetzt die Tassen vom Bord. Er war sich offensichtlich der Ungeheuerlichkeit der Tat nicht bewußt.

Die moralische Empörung war stark genug, meinen

Schmerz zu meistern, und ich sagte, bloß um das Ausmaß der Tat deutlich zu machen:

Sie hat dich also gekauft, und du hast dich kaufen lassen.

Wie sich später herausstellte, hatte Herta aus dieser Enttäuschung heraus den Weg zur Bewegungslesbe begonnen. Aber noch fühlte ich mich im Aufwind, und ich würde sie öffentlich für ihr kapitalistisches Verhalten anklagen.

Ich begann zu zittern. Woll griff meine Hand, zog mich aus der Küche ins Zimmer, führte mich zum Bett. Ich ließ mich fallen, und wir schliefen Arm in Arm ein.

Herta hatte sich gewappnet. Ich merkte es an ihren verkniffenen Lippen, und sie merkte an der Art, wie ich das Messer parallel zum Brettchen legte, daß ich entschlossen war, die Angelegenheit aufzutischen. Ich wartete, bis sich Klaus endlich hingesetzt hatte, und ließ mich auch durch seine Bemerkung: Dicke Luft? nicht versöhnlich stimmen.

Herta hat Woll gekauft, sagte ich.

Ingrid lachte. Ich war empört.

Sie hat ihm Geld geboten, daß er mit ihr nach Freiburg fährt und mit ihr schläft.

Jetzt war sie still.

Und woher weißt du das? fragte Klaus. Von ihm etwa? Er zeigte mit dem Messer auf Woll und nahm sich dann Butter.

Stimmt das? fragte Ingrid.

Es hat sich nicht gelohnt, sagte Herta.

Nicht gelohnt? fragte Ingrid.

Natürlich nicht, sagte Klaus.

Woll sagte nichts. Er trank einen Schluck Buttermilch und dachte dabei, das sagte er mir später, an Buttermilchsuppe, die ihm seine Großmutter in seiner Kindheit gekocht hatte.

Ich werde mich nicht rechtfertigen, sagte Herta.

Sie tat es doch. Sie sagte, sie hätte die Doppelmoral der Männer satt und würde jetzt in die Offensive gehen. Damit war sie konsequent, denn ein Jahr später, als sich die *Peep-Shows* durchsetzten, glaubte sie, es dort den Männern so richtig zeigen zu können.

Seitdem auf diese Weise die Gesetze der Marktwirtschaft auch bei uns Einzug gehalten hatten, bröckelte die Moral. Der Abwasch wurde zusehends zum Problem, und für den Wochenendeinkauf fühlte sich keiner mehr so recht verantwortlich. Wir kauften eine Geschirrspülmaschine und ließen uns die Ware liefern.

Der Rosenthaler Kadaker verschwand vom Tisch, Ingrid schwor jetzt auf Riesling, Herta bevorzugte Bordeaux, ich Rioja, nur Klaus trank weiterhin sein Jever.

In der Nacht vor dem Tag der offenen Straße schlief ich unruhig. War es sonst Woll, der mich im Bett an den Rand drängte, so daß ich vorliebnehmen mußte mit dem, was mir seine Gliedmaßen ließen, so warf diesmal ich mich so ungestüm hin und her, daß er mich weckte.

Er saß, die Beine über Kreuz, am Kopfende.

Ich muß wohl eingeschlafen sein, sagte ich.

Ganz ruhig, sagte Woll, machte die Lampe aus, streckte die Füße aus und rutschte zu mir.

Rück mal.

So fand ich wieder meinen Platz an der Kante.

Als ich aufwachte, dämmerte es. In der Küche nahm ich

das Plakat ab, das Klaus an die Tür zu seinem Zimmer geklebt hatte.

Ich haßte diese Unausweichlichkeit des eigenen Tuns, die keinen Raum mehr ließ, sich aus der Ferne wieder zu finden, diese klebrige Identität, die keine Distanz erlaubte. Noch mehr verabscheute ich die Moral, die sich daraus ableitete und als Maßstab für Wohlverhalten galt.

Nie würde ich mich in dieser Beziehung mit Klaus treffen, und während er mir insgeheim unterstellte, ein *fellow traveller* zu sein – obwohl er den Ausdruck natürlich nicht kannte –, nährte ich den Verdacht, daß er mit seinem Berhardiner schlief.

Das Plakat war gelungen. Holger vom Fischmarkt hatte es gemacht, und es war das erste Produkt der Druckerei im Hinterhof der Simon-von-Utrecht-Straße, die er zusammen mit Ute und Willi mit gebrauchten Maschinen eingerichtet hatte.

Hintergrund war eine Zeichnung des Schanzenviertels. In der Mitte in Rot mit Pinselstrich: 17. August 1976. 12 Uhr. Von den vier Himmelsrichtungen kamen Hausfrauen, die Autos wie Kinderwagen vor sich herschoben, unten, fett in Schwarz, stand: Auf zum Fest.

Wo, hatte er vergessen, aber das würde sich schon rumsprechen.

Ich setzte Wasser auf, den ersten Tee am Tag wollte ich allein trinken und dabei ein paar Situationen durchspielen, wie ich eventuelle Gegner unserer Aktion in die Enge treiben könnte. Ich glaubte zwar noch an die Kraft der Überzeugung, wußte aber längst, daß Schlagfertigkeit das bessere Argument war.

Ich würde nicht so töricht sein, mich auf eine Diskussion über Autos einzulassen, sondern deren Bewegungsfreiheit in Frage stellen. Das Auto bedrohte ja nicht nur den Straßenverkehr, sondern war Symbol einer Monokultur, die Feind jeder Vielfalt war und aus einer offenen eine geschlossene Gesellschaft machte.

Klaus kam aus seinem Zimmer, gähnte, sah das zusammengerollte Plakat auf dem Tisch, blickte zur Tür und fragte:

Warum hast du das gemacht?

Ich hatte keine Lust, am frühen Morgen mit ihm zu streiten, und sagte:

Dann mach es wieder an.

Er tat es nicht. Er brühte sich frischen Tee auf, holte seinen Becher vom Regal und die Dose mit Kandis.

Im Grunde genommen hast du kein soziales Gewissen, sagte er, als der Kandis im Becher klöterte.

Wenn du damit meinst, daß ich den Überblick verloren habe, dann hast du recht.

Und ein Angeber bist du außerdem.

Das stimmt nicht, angegeben habe ich als Kommunist, aber, wie gesagt, ich habe nicht mehr den Überblick.

Damit war zwischen uns erst mal genug gesagt. Ich stand auf, um Brötchen zu holen.

Noch während die Bäckersfrau fragte:

Zehn Rundstücke und drei Franzbrötchen? sprach ich den Satz aus, den ich auf der Treppe und während des kurzen Weges zum Eppendorfer Weg memoriert hatte:

Was für ein Theater.

Sind Sie heut nicht gut zuwege? bekam ich zu hören.

Ich mußte lachen.

Abwarten, sagte ich.

Dann tövt Se man nich to lang, meinte die Bäckersfrau, und ich dachte, irgendwie sind die Hamburger doch o.k.

Ich mache Theater, und zwar wegen Woll, sagte ich mir noch mal, aber nachdem der Satz ausgesprochen war, hing der Gedanke schief, und ich sagte, natürlich mache ich Theater, aber ist das nicht egal? Er gibt mir Kraft, und die muß raus, und so egal ist das wieder nicht.

Warum bist du eigentlich Kommunist geworden? hatte mich Woll einmal gefragt. Das paßt doch gar nicht zu dir.

Wenn ich daran dachte, wie ich am Radio geheult hatte, als der Aufstand in Ungarn niedergeschlagen wurde, wenn ich mir das Mißtrauen zurückrief, das ich früher gleichermaßen dem Katholizismus, dem Faschismus und dem Kommunismus entgegengebracht, mit dem ich jeden sanktionierten Glauben abgelehnt hatte, da konnte ich schon taumeln.

Du mußt die Entwicklung sehn, antwortete ich.

Ich? wies er mich zurecht.

Entwicklung, ich mußte lachen, gerade das wollten wir nicht. *Forever young*, hieß es, und der Kommunismus versprach den Jungbrunnen.

Und so, wie ich mir nicht vorstellen konnte, daß Woll alt würde, so, wie ich Theater machte, um ihn bei mir zu haben, so war ich wohl Kommunist geworden.

Wenn ich schon begann, mich zu wiederholen, und diesen Mechanismus sogar durchschaute, dann würde ich bald sehr einsam sein inmitten der Genossen, und wenn Woll eines Tages für immer gehen würde, mir zitterten die

Knie, hoffentlich wurde ich dann nicht rückfällig. Es gab so viele Ideologien.

Hast du eine Erscheinung gehabt? fragte Herta.

Sie riß die Tüte auf und griff sich ein Franzbrötchen.

Ich glaube, ich bleibe zu Haus, sagte ich.

Du bleibst zu Haus!

Klaus schlug vor Wut mit der Faust auf den Tisch. Ingrid kam aus dem Bad.

Ich steh nicht mehr dahinter.

Spiel dich nicht so auf! sagte Klaus.

Du kannst uns doch jetzt nicht im Stich lassen, sagte Ingrid.

Als ob es ohne mich nicht geht.

Das mußt du schon begründen, sagte Herta.

Woll war aufgestanden und stand in der Tür.

Ihr seid so laut, da habe ich mir gedacht, ich seh mal nach.

Wir wurden noch lauter, lachten die Spannung aus uns heraus, und als Woll sagte:

Ihr könnt jetzt aufhören, da verloren wir die Beherrschung.

Noch einmal trat eine Krise auf, als wir uns schon mit Kapotthütchen und Kopftüchern als Hausfrauen verkleidet hatten und Klaus und Woll die »Autos« vom Pritschenwagen abluden.

Den Wagen hatte er von einem Kohlenhändler fast geschenkt bekommen, der seinen Handel aus Altersgründen, und weil er keine Träger mehr fand, aufgeben mußte.

Die Nachbarn standen verstohlen hinter den Gardinen,

und als ich Woll sah, der das Kopftuch nach Piratenart geknüpft und sich nur eine Schürze über seine Jeans gebunden hatte – unter dem Latz war der Oberkörper frei, weil es ihm jetzt schon zu warm war –, mit einem Einkaufswagen in der Hand, dessen Aufputz aus Wellpappe kein Auto, sondern eine Totalbeschädigung symbolisierte, hätte ich das Ganze gern ungeschehen gemacht.

Der dilettantische Aufzug, diese Mischung aus gutem Willen und Unvermögen, die ich bei anderen immer so herrlich verspottet hatte, war mir peinlich. Als auch noch Frau Stuckenberg vorbeikam und fragte:

Ist denn schon wieder Sperrmüll? und mit ihrem Stock gegen die Wagen schlug, da blieb mir nur zu sagen:

Sperrmüll nicht, der Tag der offenen Straße.

Davon hatte sie im Rundfunk nichts gehört, und sie glaubte mir nicht. Dann fragte sie aber doch noch einmal nach:

Und warum laufen Sie rum wie die gerupften Hühner?

Ich kannte sie ja vom Bäcker, wo sie öfter ohne zu bezahlen ging, und wenn dann die Bäckersfrau ihr hinterherrief: Frau Stuckenberg, Sie müssen noch zahlen! sie das abgezählte Geld auf den Tresen legte und die Tüte mit den Rundstücken daneben.

Wenn sie wieder an der Tür war, rief die Bäckersfrau: Frau Stuckenberg, Sie haben ihre Rundstücke vergessen!

Hetzen Sie mich nicht so, sagte sie dann, und wenn ich im Laden war, brachte ich ihr die Tüte.

Ingrid stieß mich an.

Ist sie das?

Ich nickte, denn Frau Stuckenberg war eine feste Größe

in meinem Repertoire, und ich hatte schon viele Geschichten um sie herum erfunden.

Wissen Sie was, junger Mann, Sie sollten auch mal erwachsen werden, sagte sie und ging.

Dank Frau Stuckenberg war wieder gute Stimmung eingekehrt. Wir bogen um die Ecke, und auf dem Weidenstieg formierten wir uns. Woll und ich als Paar vorneweg, dahinter Klaus, eingerahmt von Ingrid und Herta.

Wir schritten immer schneller aus, und die vielen, die sich im Getränkemarkt für das Wochenende versorgten und Kisten im Kofferraum verstauten, sahen fünf Vogelscheuchen mit Sendungsbewußtsein hocherhobenen Hauptes fünf Einkaufswagen vor sich her schieben, denen eine Bedeutung als Auto zukam. Nicht nur die Bemalung wies darauf hin, auch die Hup-, Brems- und Fahrgeräusche, die wir ausstießen.

Mit Fingern wurde auf uns gezeigt, Kinder machten uns nach, und wir lösten eine Heiterkeit aus, die wir so heftig nicht erwartet hatten, denn schließlich hatten wir ein Anliegen.

Als wir uns der Christuskirche näherten und eine Hochzeitsgesellschaft sahen, die bei unserem Anblick verstummte, und als im gleichen Augenblick das Hochzeitspaar heraustrat und fassungslos zu uns herübersah, da hatten wir Grund zum Lachen.

Wir überquerten die Schäferkampsallee und strengten uns vor den Autos besonders an, so grimmig und böse zu sein wie sie. Ein Hupkonzert kam als Echo, die herbeieilenden Passanten klatschten vor Begeisterung, und einige schlugen sich vor Freude gegenseitig auf die Schulter.

Ich verlor Woll aus den Augen, ohne es zu bemerken. Wir hatten viel Zuspruch auch in der Vereinsstraße, und ich nutzte die allgemeine Kumpeltour aus. Ich umarmte Willi, der standhaft die Bierflasche an die Brust drückte.

Er war einer der wenigen vom Fischmarkt, die uns in der Meißnerstraße besucht hatten. Es ging damals das Gerücht, er wäre scharf auf Herta. Ich hatte das nicht bemerkt, aber ich hielt ihn sowieso für eine dröge Bremer Semmel – dabei kam er aus Schleswig-Holstein –, und Bremer, fand ich, der ich in der Nähe von Bremen aufgewachsen war, waren nicht nur zugeknöpft und verschlossen, sondern bereits tiefgefroren, und jede Regung klang bei ihnen wie Eisbruch.

Als Willi zum zweitenmal kam und für Herta ein Tranchiermesser als Geschenk mitbrachte, mit einem Griff aus Hirschhorn, da wurde mir klar, daß er Gefühle bloßlegte und daß die Gefühle Herta betrafen. In seiner Jugend hatte er Förster werden wollen und dies Messer als Andenken von einem Jagdaufseher geschenkt bekommen für späteres Wildbret.

So jedenfalls hat es Herta erzählt, als ich sie fragte, was sie mit diesem scheußlichen Ding machen wolle.

Willi war älter wie ich, hatte ein paar Jahre im Knast verbracht, über die er nicht sprach, und war nach seiner Entlassung zum Fischmarkt gezogen, als Ergebnis der Gefangenenbetreuung, die von dort, auf Vorschlag von Ute, betrieben wurde.

Ich argwöhnte immer eine Nähe zur RAF, denn ich wußte um ihre sympathisierende Haltung. Als später Holger Meins starb, den sie aus Berlin kannte, habe ich eine

Nacht lang versucht, ihr den bewaffneten Kampf auszureden. Als ich merkte, wie stark der Sog der RAF-Moral war, fiel mir Celan ein, ich sagte: Der Tod ist ein Meister aus Deutschland, dem mußt du wohl folgen.

Sie haßte mich dafür, aber meine plötzliche Ruhe hatte sie verunsichert, und ich wußte, sie würde es sich überlegen.

Es war die gleiche Ruhe, die ich an Willi mochte, nachdem sich herausgestellt hatte, daß er kein Bremer war und ich ihn nicht als stur brandmarken konnte. Wie ich erfuhr, schätzte er die Anteilnahme der Genossen am Schicksal von Gefangenen, ihre politischen Ansichten teilte er nicht. Er unterstützte sie, weil sie ihn aufgenommen hatten.

Mein Vater hat auch diese Ruhe ausgestrahlt, gewachsen im Wissen um zwei Weltkriege, die er mitgemacht hatte, um eine Jugend vor der Jahrhundertwende auf dem Land, um die Veränderungen der Welt durch die Technik, um zwei Ehen und das Altern.

Was findest du eigentlich an mir? fragte Willi, als ich ihn wieder mal umarmte.

Meinen Vater, sagte ich und lachte.

Das ist ja ein Ding, sagte er, machte ein paar Schritte weg von mir und sah mich aus großer Entfernung an, wie mir schien. Ich torkelte, denn ich hatte in der Hitze den Wein wie Wasser getrunken.

Das Fest, das anfangs um die Werkstatt von Klaus herum stattgefunden hatte, war plötzlich verschwunden, und die Vereinsstraße kam mir endlos vor. Als ich nicht mehr weiterkonnte, setzte ich mich.

Willi und Klaus fanden mich, als ich gerade versuchte,

einen der Bullen abzuküssen, die mich aufgelesen hatten. Ich hatte mich wohl auf dem Bürgersteig der Weidenallee schlafen legen wollen, als der Streifenwagen vorbeifuhr.

Einfach weglaufen, hörte ich Klaus sagen.

Das war schon als Kind so, konnte ich noch stammeln.

Daß sie mich nach Hause schleiften und die Treppen hochhievten, habe ich nicht mehr mitgekriegt.

Am nächsten Morgen, Woll war schon aufgestanden, ging ich unter die Dusche und versuchte, Zusammenhänge herzustellen – ein Prozeß der Sammlung, den ich erst nach dem Tee auf den Punkt brachte, um dann zu einer Erkenntnis vorzustoßen, zu einem Überblick inmitten einer aussichtslosen Lage, die neue Wege öffnen und den Raum neu zusammenfügen sollte. Das war notwendig geworden, seitdem die alte Welt zusammengebrochen war und wir Abschied genommen hatten von ihrer Erklärbarkeit. Es war der einzige Kraftquell, den ich hatte. Einmal am Tag mußte die Erde sich auftun, der Vulkan Feuer speien, damit das Umfeld wieder begehbar wurde.

Einmal hatte ich zu Woll davon gesprochen, denn solange er blieb und mich berührte, vermittelte Woll mir das gleiche Gefühl.

Du möchtest wohl gern deine Überlegenheit behalten, hatte er geantwortet.

Erst hatte ich gelacht, dann war ich wütend geworden, was verstand dieser Grünschnabel davon, dann war ich verunsichert, dann hatte ich zum Mythos Zuflucht genommen, hatte ihm von Phönix erzählt.

Wie immer hatte er zugehört, wie ich mir die Dinge zurechtrückte, hatte gelächelt und mir damit meine Ruhe geraubt, und als sich die Unruhe auf die Frage zugespitzt hatte:

Kann ich von der Macht nicht lassen, die uns der Kommunismus versprochen hat? hatte ich ihn aufgeweckt und gefragt:

Glaubst du etwa, ich will dich beherrschen?

Sicher, hatte er gesagt, wie spät ist es?

Ich will doch nur meine Unabhängigkeit, wiederholte ich unter der Dusche.

Nicht nur der Kater nagte an meiner Substanz. Ich mußte mich aus dem Griff der Vergangenheit befreien, sonst würde ich heute abend beim Kneipendienst, den ich Willi versprochen hatte, zum Spielball der Leute werden.

Klaus, Herta und Ingrid waren bestimmt schon dabei, in der Vereinsstraße die Spuren vom Fest zu beseitigen. Es war mir unangenehm, mich zu drücken, und es ärgerte mich, daß Woll seine Verantwortung wieder mal nicht wahrnahm.

Ich selbst konnte nicht anders – das war mir mittlerweile klargeworden –, ich mußte entweder flüchten, um mir meine Freiheit zu bewahren, oder versuchen, die Situation zu beherrschen. Dies Verhaltensmuster prägte sich anscheinend in allen Lebensbereichen aus und instrumentalisierte den Inhalt, hatte sich in der Idee des Kommunismus harmonisch entfalten und mit dem Marxismus-Leninismus bewaffnet der Realität trotzen können.

Glaubst du wirklich, ich will dich beherrschen? fragte

ich, als ich in die Küche kam und Woll vor *Tim und Struppi* sitzen sah.

Er blickte nicht auf.

Ich liebe dich, sagte ich.

Was hast du dir diesmal ausgedacht?

Das hast du doch gehört.

Und was liebst du an mir?

Erst mal, daß du so anders bist als ich.

Er blickte auf.

Warum läßt du mich dann nicht weiterlesen?

Was gibt es da zu lesen?

Du wirst es nie begreifen.

Ich habe es versucht.

Und was noch?

Daß ich so klug bin und du so dumm.

Woll lächelte.

Dann hast du ja viel zu lieben.

Da Sonntag war und es keine frischen Brötchen gab, schob ich zwei Scheiben Brot in den Toaster. Woll hatte sich wieder über *Tim und Struppi* gebeugt.

Ich möchte so gern an dich glauben, sagte ich.

Woll klappte den Comic zu, hob die Arme, dehnte sich.

Ich bin doch bei dir.

Reicht das aus? Da bin ich mir nicht sicher.

Dein Glaube macht dich noch mal krank.

Weil ich davon nicht satt werde!

Woll lächelte, als ob er mich ertappt hätte.

Du kriegst doch nie genug, sagte er und faltete die Hände im Nacken.

Es war anscheinend der Tag der Wahrheit, selbst das

Vater-Sohn-Verhältnis hatte sich verkehrt. Ich ließ das Brot im Toaster, ging ins Bad, holte das Aspirin aus dem Pillenschränkchen, nahm eine Tablette und schluckte sie mit einer Handvoll Wasser.

Woll hatte sich bereit erklärt, mir am Abend beim Kneipendienst zu helfen. Er hatte gefegt, sich dann vor der Theke auf einen der beiden Hocker gesetzt und einen Joint gedreht.

Ich hatte Gläser und Teller abgewaschen und war noch damit beschäftigt, mit *Vim* wenigstens den gröbsten Schmutz rund um meinen Arbeitsplatz zu beseitigen, als Willi kam und sich, ohne ein Wort zu sagen, neben Woll setzte. Den angebotenen Joint lehnte er ab.

Mein Vater war auch so schweigsam, sagte Woll.

Ich sah auf, aber Willi blieb stur.

Und dann ist er in die Fremdenlegion gegangen, sagte Woll.

Jetzt sah Willi ihn an. Sein Blick machte mich wachsam, Woll hatte etwas in Willis Vergangenheit berührt, und Willi wollte prüfen, ob eine Absicht dahintersteckte.

Da hat er sicher viel erlebt, sagte Willi.

Er hat nur einmal eine Karte geschickt, sagte Woll.

Woher?

Die hat meine Mutter gleich zerrissen.

Willi legte Woll den Arm um die Schulter.

Hat sie was dazu gesagt?

Bißchen geweint hat sie, aber vergeben hat sie ihm nie.

Wo war er denn stationiert?

Seitdem er schwul geworden war ...

Was?! entfuhr es mir.

Seitdem er schwul geworden war, wollte sie nichts mehr mit ihm zu tun haben. Deswegen ist sie auch aus der Wohnung ausgezogen, und wir haben erst mal bei meiner Großmutter gelebt.

Ist er deswegen in die Legion gegangen? fragte Willi.

Woll sah mich an.

Du glaubst mir wieder nicht, sagte er.

Ich war verwirrt, denn so unglaublich die Geschichte klang, sie schien mir sehr wahrscheinlich. Ich kannte solche Proletenschicksale.

Ich hatte so etwas erlebt, als ich das letzte Mal vor der Klappe in der Feldstraße angesprochen und angefaßt worden war. Ich nahm ihn mit, er bekam Schweißausbrüche, als er sich ausgezogen hatte, und schmiß sich auf mich. Ich war bedient, fragte: Was ist los? und er erzählte mir von seinem Doppelleben, daß er Polier sei, verheiratet, einen fast erwachsenen Sohn habe, der ihn anspucken würde, wenn er davon wüßte.

Ich holte erst mal zwei Bier aus der Küche, Herta ging gerade aufs Klo. Er war inzwischen ruhiger geworden, hatte sich auf dem Bauch ausgestreckt. Ich stellte das Bier beiseite und massierte ihn. Gut machst du das, sagte er immer wieder. Ich legte mich auf ihn, küßte seinen Nacken. Ich bin noch nie gefickt worden, sagte er. Ich rieb meinen Schwanz an seinem Arsch. Ist er drin? fragte er. Ich lachte.

Am nächsten Tag wollte er wiederkommen, kam aber nicht.

Willi war aufgestanden. Er hatte sich wohl davon überzeugt, daß Woll harmlos war. Er setzte sich ans Fenster zur Buttstraße und sagte:

Herr Ober, ein Bier.

Ich gab Woll das Bier, Woll brachte es ihm und setzte sich wieder an die Theke.

Warst du schon oft verliebt? fragte er mich.

Ich brachte das *Vim* in die Küche, wrang den Putzlappen aus.

Wie man's nimmt.

Ich mußte selbst über meine Antwort lachen:

Meistens aus ganzem Herzen.

Kommt es darauf an?

Ja, natürlich.

Ich habe auch noch andere Interessen.

Wo hast du die denn versteckt?

Woll lächelte.

Ich möchte gern nach Afrika.

Ich auch.

Du nimmst mich nicht ernst.

Er stand auf.

Afrika ist ein Traum von mir.

Ich hatte ihn mir oft ausgemalt, und als ich noch mit Ute und den anderen zusammen in Oststeinbek wohnte, haben wir uns, wenn die anderen fort waren, auf den Weg dahin gemacht. Eines war uns klar, wenn wir mal alt werden sollten, dann wollten wir da in einer Lehmhütte oder am Rande der Wüste ohne viel Aufhebens in die Natur eingehen.

Ute wollte auch zu den Tuaregs. Sie glaubte, sie würde auf dem Marktplatz von In Salah einen kennenlernen, wenn sie dort auf ihrem Rucksack saß und nach ihm Ausschau hielt.

Ich fand, man sah zu wenig von ihnen, denn es waren doch gerade die nackten Schwarzen, die uns das Land so ursprünglich erscheinen ließen.

Woll hatte sich wieder auf den Hocker gesetzt.

Warst du schon mal da?

In Kairo war ich, auf dem Ramses Square. Von da wollte ich zu den Pyramiden. Doch als der Bus hielt, war Gedränge an Türen und Fenstern, und ich dachte, erst mal aussteigen lassen, aber das war falsch, und als ich versuchte, an den Bus ranzukommen, war es zu spät, und er fuhr ohne mich ab.

Und wo warst du noch?

Auf dem Stausee zwischen Assuan und Wadi Halfa, auf dem Schiff hatte ich eine Kabine. Das Beiboot für die ärmeren Passagiere lag schon bei der Abfahrt schief, und auf dem See sackte es tiefer, es war leck. Eine ganze Nacht und einen Tag lagen wir an einem Fels, der aus der überfluteten Landschaft ragte, und als am Abend das Boot mit der Reparaturmannschaft kam, die so früh eigentlich niemand erwartet hatte, war die Freude groß. Alle nahmen Anteil, und jeder machte Vorschläge, es dauerte Stunden, bis mit der Arbeit begonnen wurde und ich mich ganz erschöpft von soviel Mühe schlafen legte.

Nicht schlecht, das hätte mir auch einfallen können.

Dann können wir ja zusammen fahren.

Wie wollt ihr das denn machen? fragte Willi, der sich wieder zu uns gesellt hatte.

Ganz einfach, sagte ich, wir gehen im Bahnhof Altona an den Schalter und sagen: Einmal Afrika, hin und zurück.

Rein und raus will ich auch, sagte Werner aus dem Flur neben der Theke, ging an uns vorbei und setzte sich an Willis alten Platz.

Und einen Kaffee.

Das geht nicht. Die Küche ist nicht aufgeräumt, sagte ich.

Kneipendienst ist Kneipendienst, sagte Willi, und Bedingungen gibt es hier nicht.

Ich mach das, sagte Woll.

Kommst du klar? fragte ich.

Ja, aber hier ist kein Kaffee.

Ich wollte zu ihm.

Bleib, sagte Willi, der Kaffee ist in der Dose im untersten Regal.

Werner lachte.

Stimmt, sagte Woll.

Willi vor Augen, verfolgte ich Woll mit gespitzten Ohren. Ich hörte, daß er den Kessel zu früh vom Herd nahm.

Du mußt das Wasser kochen lassen, sagte ich.

Das sagst du immer.

Werner lachte wieder, und um mich vor Willi zu rechtfertigen, sagte ich:

Dann schmeckt der Kaffee nicht, und Tee auch nicht. Frag Klaus.

Ich wollte ihn damit bei seiner Handwerkerehre packen, denn er schätzte an Klaus die gediegene Art, mit Werkzeug umzugehen, Arbeit nach bestem Wissen auszuführen, was hieß, jeden Schrottplatz als Ersatzteillager im Sinn zu haben, und hatte – was Klaus auch anstrebte – alle Räume am Fischmarkt in eine Werkstätte verwandelt, weil er es so am schönsten fand. Hier hatte er genügend Vorwand dafür, weil der Zustand der Wohnungen Reparaturen aller Art erforderlich machte.

Warte ab, was Werner dazu sagt.

Genau, ich will Kaffee, und ich werde nichts sagen, was den jungen Mann entmutigt.

Ihr enttäuscht mich.

Werner war im Frühjahr bei uns ausgezogen, nachdem seine Katzen vergiftet worden waren. Nicht die einzigen, wie sich, in Gesprächen mit Nachbarn, herausstellte.

Ihr brünstiges Nachtkonzert mußte irgendeinen Wichser gestört haben. Das war meine Theorie.

Herta hatte ohnehin ihr Zimmer vor den beiden Katzen verschlossen gehalten, und ihr war jede recht, die dran glauben mußte. Ingrid wollte Nachforschungen anstellen, und Klaus meinte nur: Das führt doch zu nichts.

Werner vermißte Mitgefühl und nahm den Tod der Katzen zum Anlaß, um zum Fischmarkt zu ziehen und sich dort, was er schon immer gewollt hatte, eine Nähwerkstatt einzurichten.

Woll brachte ihm den Kaffee und setzte sich zu ihm.

Laß die Hände auf dem Tisch, sagte ich zu Werner.

Willi gluckste. Ute kam. Sie lehnte sich an Willi, er legte den Arm um sie, Ute sah zu ihm auf, gönnte mir dann den gleichen himmelwärts gewandten Kinderblick.

Ihre leuchtenden Augen waren voller Unschuld, ungeachtet ihres lodernden Fanatismus zu anderer Zeit.

Da es Kaffee gab, wollte sie auch einen. Sie setzte sich neben Willi und schüttelte das noch feuchte Haar. Herta erschien. Sie musterten einander wie Kapital und Arbeit, aber diesmal fiel kein Wort. Ich sagte, um dem Stieren ein Ende zu machen:

Was ist, bist du schwanger?

Herta blieb stumm. Ute lächelte schief, Willi zog heftig an seinem Ohrläppchen. Werner war damit beschäftigt, Woll für sich zu gewinnen. Woll, der mit dem Rücken zur Eingangstür saß, drehte sich erst um, als es aus Herta herausbrach:

Ihr habt mir mein Geld genommen!

Das war zu komisch, um noch lachen zu können, und Ute fragte:

Welches Geld?

Herta rang nach Worten, drehte sich um und lief weg.

Was hat sie sich wohl dabei gedacht, sagte Willi besorgt. Woll sah zu ihm rüber und fragte:

Wo hatte sie denn das Geld?

Jetzt ist es zu spät, sagte Werner.

Er stand auf, ging vor die Kneipe, als ob er Herta nachblicken wollte.

Wir sollten das nicht auf sich beruhen lassen, sagte Ute, hoffentlich hat sie einen Grund für ihre Anschuldigungen.

Sie nahm das Tribunal schon vorweg, die Methode war mir vertraut.

Das Ganze ist ein Irrtum, sagte ich.

Die Revolution hätte sie sowieso nicht überlebt, sagte Ute.

Willi zuckte zusammen.

Will noch jemand Kaffee? fragte Woll.

Ich überlegte, während ich bediente, die Kneipe sich

nach und nach füllte und Woll mehr und mehr Aufgaben übernahm, was wohl geschehen war.

Wie ich später von Ingrid hörte, war sie, nachdem die Vereinsstraße gesäubert war, mit Herta in den Schanzenpark gegangen, um ein paar Schwarze anzugaffen, die sich fast täglich dort zu einem Palaver trafen.

Ein Ball kam gerollt, nicht unabsichtlich, denn der Balleigner folgte, ein Rudolf, mit dem Herta mal in der Tornquiststraße, fast um die Ecke zur Meißnerstraße, zusammengelebt hatte und der den Zufall nutzen wollte, um mal vorzufühlen, ob sie bereit wäre, ihm, wenn es nächstes Jahr soweit sein würde, eine größere Summe zum Aufbau einer Praxis zu leihen.

Sie werde es sich überlegen, sagte sie.

Ingrid wollte noch bleiben und später zum Fischmarkt kommen. Herta sah noch einmal zu den Schwarzen, kam sich überflüssig vor und ging.

Zu Haus überprüfte sie ihr Konto. Fünfzigtausend, die Rudolf sich borgen wollte, hatte sie nicht flüssig. Sie würde also Aktien verkaufen müssen, die nach dem Tod ihres Vaters von der Bank für sie ins Depot genommen worden waren. Sie versuchte, auszurechnen, ob der Rest des Geldes noch so viel Zinsen einbrächte, wie sie zum Lebensunterhalt brauchte, und weil sie schon dabei war, nahm sie die Haushaltskasse, in die jeder von uns seinen Beitrag einzahlte – sie im voraus, damit auch Geld da war, wenn wir säumig waren –, und stellte fest, daß die von ihr am Freitag unter die Kleingeldschale gelegten Scheine fehlten. Das ging ihr an die Substanz. Besitzlos der Zukunft ausgeliefert, lief sie zum Fischmarkt und hatte völlig vergessen, daß sie das Geld für ein paar Tage Klaus geliehen hatte.

Woll hatte an der Kneipenarbeit Spaß gefunden. Er war jetzt jeden Abend am Fischmarkt, und ich befaßte mich mit Afrika. Wenn Woll nachts zurückkam und erst mal vom Abend erzählt hatte, bestiegen wir gemeinsam in Kosti ein Schiff, das uns den Nil hinauf nach Juba bringen sollte. Als ich noch am Frühstückstisch von einer Fahrt duch die Savanne berichtete, wurde es Ingrid zuviel, und sie sagte:

Befaß dich lieber mit Dingen, die anliegen.

Was liegt denn so Wichtiges an?

Brokdorf, zum Beispiel, und wir sollten was dazu machen.

Ich vermutete einen der *workshops*, die unheimlich in Mode kamen, und fragte:

Was wird denn angeboten?

Angeboten? Da wird ein AKW gebaut!

Wie peinlich, sagte Herta.

Klaus war zum Glück schon in seiner Werkstatt, der hätte mir Absicht unterstellt, denn natürlich hätte ich mich daran erinnern müssen. Letztes Jahr, als ich noch im *Maldoror*-Buchvertrieb im Keller unter dem *Abaton* Schwarzgeld verdiente, war das Buch *Friedlich in die Katastrophe* ein Verkaufsschlager gewesen, und Cäsar und Karin, denen nicht nur der Buchvertrieb, sondern auch der *Assoziation* Verlag gehörte, in dem das Buch erschienen war, konnten mit dem Gewinn ihre Trennung finanzieren.

Ich hatte das Buch nicht gelesen, aber wie alle die neue

Bewegung registriert, die uns ehemaligen Kommunisten eher unbedeutend erschien und die soviel Aufmerksamkeit nicht wert war.

Bist du denn nicht dagegen? fragte Ingrid.

Selbstverständlich, sagte ich.

Ich hatte den richtigen Tonfall getroffen und erst·mal ihren Anspruch befriedigt. Herta glaubte mir nicht.

Das interessiert dich doch gar nicht.

Dich etwa?

Unerhört, sagte Ingrid.

Sei nicht gleich beleidigt, sagte ich, natürlich interessiert es mich.

Von Herta erfuhr ich, daß sie die Frauengruppe zugunsten eines Forums vernachlässigte, das ihr Kollege Fritz schon vor langer Zeit gegründet hatte. Dort versuchte man, Widerstand gegen die Atompolitik zu organisieren, und konzentrierte sich jetzt ganz auf das geplante AKW in Brokdorf.

Wir können ja mal da hinfahren, sagte ich, als Ingrid das Thema am nächsten Morgen wieder anschnitt.

Ich hatte überhaupt keine Lust. Die Wilster Marsch stellte ich mir unsäglich platt vor, mit weit auseinanderliegenden Gehöften und kontaktarmen Menschen.

Der geplante Ausflug am übernächsten Tag fiel aus, weil Woll mich an den Fischmarkt zum Essen eingeladen hatte. Dort war endlich, nach langen Diskussionen, die Volksküche wiederbelebt worden. Ich hatte gar nicht mitgekriegt, daß das gute Projekt eingeschlafen war, aber Woll klärte mich auf. Das war geschehen, weil das Volk nicht gekommen war und selbst die Mitbewohner nach kurzer Zeit wieder selbst gekocht hatten, denn keiner wollte jeden Tag Eintopf essen.

Deswegen war lange diskutiert worden, was man in Zukunft anbieten wollte, denn die Volksküche sollte ja billig sein, gerade Bedürftige sollten sich einmal am Tag eine warme Mahlzeit leisten können, und man hatte sich darauf geeinigt, zwei Essen zu kochen.

Du brauchst mich nicht zu überzeugen, sagte ich zu ihm, ich komme, ich spiele gerne Volk.

Wenn du so darüber denkst, kannst du auch nach Brokdorf fahren.

Vor die Wahl gestellt, entweder das Denken aufzugeben oder das Essen, entschied ich mich, den Kopf zurückzulegen, den Arm nach Woll auszustrecken und die Lippen zum Kuß zu formen.

Er blieb ungerührt und aufrecht im Bett sitzen.

Ich möchte, daß du mich ernst nimmst.

Er hatte sich der Sache hingegeben, für mich blieb da nicht viel übrig. Ich war immerhin so tapfer, nicht zu maulen, denn ich wußte, was in ihm vorging.

Du sagst ja gar nichts.

Ich nehme dich ernst.

Auf die Antwort war er nicht gefaßt gewesen. Er beugte sich über mich, ließ sich langsam sinken, und als er sagte:

Wehe, wenn du lachst, prustete ich los, und er versuchte, mein Lachen mit Küssen zu ersticken.

Hast du schon mal mit einem Schwarzen geschlafen? fragte er dann.

Jetzt war die Überraschung ganz auf meiner Seite.

Wie kommst du denn darauf?

Wenn wir da hinfahren, dann wirst du es doch tun, oder?

Ich kam aus dem Staunen gar nicht heraus.

Ich bin dir deswegen nicht böse.

Soviel Vergebung schon im voraus mußte belohnt werden.

Danke, sagte ich und drückte ihm die Hand.

Und jetzt laß uns schlafen, sagte Woll, ich habe morgen viel zu tun.

Er drehte sich um und schlief tatsächlich gleich ein. Ich lag noch lange wach, ich wunderte mich über Wolls Engagement. Ich nahm es als Omen dafür, daß es so schlecht um die notwendige Veränderung im großen und ganzen nicht bestellt sein konnte.

Einmal beim großen gelandet, überdachte ich noch einmal unser politisches Engagement, denn auch, wenn ich meine Zweifel daran gut verpacken und die Verpackung noch besser nach außen präsentieren konnte, es blieb ein Unbehagen an meiner Sicht der Dinge.

War, historisch gesehen, der Kommunismus nicht eine Herrschaftsform im Gefolge der Aufklärung? Und wurden nicht die Bewußtseinsformen von ihrer Vorhut, der Wissenschaft, bestimmt, die bis in den Avantgardeanspruch der Kunst gewirkt hatte? Damit war es doch vorbei, die Vorherrschaft längst korrumpiert.

War nicht ein anderes Bewußtsein vom Lebenskreislauf notwendig, und würde die Natur nicht eines Tages den Menschen grausam daran erinnern und die Elementargeister walten lassen, während Wissenschaft und Politik ohnmächtig ihre letzten Erkenntnisse stammelten?

Vielleicht sollte ich mich einmal mit diesem Fritz treffen. Vielleicht hatten Herta und Ingrid recht, und die Frauenbewegung und auch diese neue da waren lebendigere Formen des Widerstands als die, die wir eingeübt hatten.

Es hatte sich herumgesprochen, daß wir auf Brokdorf eingeschwenkt waren. Der Fischmarkt hatte Besuch aus Berlin, und bei uns schliefen ein paar Spontis aus Frankfurt. Wir hatten mehr vor, als nur zu demonstrieren, wir wollten das Gelände besetzen.

Bei aller Begeisterung, das mußte geplant werden, und so beschlossen wir, uns das Gelände jetzt endlich anzusehen. Ich fuhr mit Ingrid, Willi, Ute und Klaus.

Am besten, wir parken hier, sagte Ingrid.

Ute kramte nach einer Taschenlampe und leuchtete nach draußen.

Bist du bekloppt, sagte Klaus, soll uns jeder sehen?

Hier ist doch niemand, hier ist es nur dunkel. Wo sind denn die anderen?

Ach, du Scheiße, sagte Willi, dann bin ich wohl zu schnell gefahren.

Ich mußte pissen.

So sieht das hier also aus, sagte Ute.

Was hast du denn erwartet? fragte Ingrid.

Ein bißchen mehr, sagte Willi, und wir lachten.

Pst, machte Ingrid, die haben Hunde.

Was soll das denn heißen? fragte Klaus. Meinst du vielleicht, Hunde verstehen keinen Spaß?

Pst! macht Ute.

Ingrid ging voraus.

Da ist es.

Auf einer großen Wiese lagen Rollen von Natodraht, wie Klaus fachmännisch bemerkte, und ich konnte nicht erkennen, ob im Dunst dahinter noch mehr war. Das interessierte ja auch nicht.

Wollt ihr noch weiter? fragte ich leise.

Am Natodraht angekommen, sagte Willi:

Das schafft jeder Bolzenschneider.

Er drückte auf den Draht.

Das ist auch kein Problem. Den kriegen wir runter.

Wie runter? fragte ich.

Auf den Boden der FDGO, sagte Ute.

Willi verschluckte sich, im Bemühen, das Lachen zu unterdrücken. Ich klopfte ihm auf die Schulter. Als wir im Auto saßen, brach das Lachen erst richtig los.

Klaus fuhr. Ich saß hinten neben Willi und Ingrid. Willi hatte den Arm um uns beide gelegt. Er drückte mich, als ich mich an ihn lehnte, und gluckste noch mal.

Wir werden verfolgt, sagte Ute.

Mmh, sagte Klaus, von den eigenen Leuten.

Das Lachen wollte kein Ende nehmen.

Halt doch mal an, sagte Ute, ihr seid mir zu albern.

Klaus versuchte, die anderen abzuschütteln. Ich drehte währenddessen einen Joint, und als wir die anderen los waren und ich – trotz seiner Fahrweise – ein schönes Rohr vorweisen konnte, waren sie plötzlich vor uns. Klaus blendete auf, und wir hatten wieder Grund zum Lachen.

Dennoch parkten wir als erste, die anderen gleich hinter uns. Ute sprang aus dem Wagen und lief um die Ecke auf die Kneipenterrasse, aber Holger holte sie ein, hielt ihr den Mund zu und rief, noch nicht ganz in der Tür:

Erster!

Woll war schon gegangen, und ich wollte hinterher, aber Ute sagte:

Du bleibst.

Da war der Spaß für mich zu Ende. Ich war mitgefahren und hatte meine Schuldigkeit getan. Ich gab vor, aufs Klo zu gehen, und machte mich durch die Buttstraße davon. Die letzte U-Bahn war längst weg. Ich ging von den Landungsbrücken zum Millerntor hoch, weiter auf das Heiligengeistfeld.

Das hat aber lange gedauert, sagte Woll.

Schlaf weiter, sagte ich.

Er streckte den Arm aus, ich rutschte zu ihm.

Du bist ja ganz kalt, sagte er.

Das hatte ich gar nicht gemerkt.

Ist denn schon Winter? fragte ich.

Verwunderlich war es nicht, daß die Jahreszeiten wechselten. Wir waren inzwischen schließlich ein paarmal in Afrika gewesen. Es gab viele Bilder davon.

Woll, barfuß in der Djellabah vor einer Rundhütte aus Lehm mit Spitzdach aus Stroh. Woll in der Djellabah auf dem Weg zur Post, einem Quader aus Ziegeln mit einer abblätternden Tür. Hinter ihm eine Ziege, und zwischen ihm und der Ziege ein Telegrafenmast, im Hintergrund wieder die Hütten und ab und an ein Baum.

Woll im Morgenlicht auf dem Weg zu einem Pritschenwagen, der als Bus aufgerüstet ist. Im Vordergrund die Afrikaner in Sitzhocke, im Hintergrund der Bus. Der Fahrer auf dem Dach, die Fracht stapelnd. Fahrgäste, die drinnen ihr Gepäck verstauen, andere, die von draußen helfen oder in den Bus wollen, und rechts neben dem Bus eine Zapfsäule, dahinter ein Lkw, der Fahrer über den Kühler gebeugt.

Das muß in Kosti gewesen sein oder in Gedaref, wo wir den schwarzen Kanadier getroffen haben, der *back to the roots* war und aus Angst vor Ansteckung nur von seinen mitgebrachten Kraftriegeln aß, fragte, ob wir noch Mineralwasser hätten und voller Entsetzen zusah, wie wir aus dem Krug auf dem Tisch tranken, der vorher die Runde bei den Eingeborenen gemacht hatte.

Schlaf jetzt, sagte Woll.

Vor jeder großen Tat mußte ich mich auf mich selbst besinnen, und da wir Gäste hatten – Ingrid schlief bei Herta und hatte ihr Zimmer den Frankfurtern überlassen – und das Durcheinander groß war, nahm ich meinen Becher mit Tee und ein Rundstück mit Butter und zog mich in mein Zimmer zurück.

Ich schloß die Balkontür, die ich zum Lüften geöffnet hatte. Woll bestand darauf, im geschlossenen Raum zu schlafen, weil es ihm sonst zu kalt war. Er zog sich die Bettdecke über den Kopf, als ich mich an den Schreibtisch setzte.

Soviel zu tun gab es letztlich nicht. Ich mußte mir wie die anderen auch einen Bolzenschneider klauen, und am Fischmarkt würde man, wie beschlossen, alte Teppiche als Transparente tarnen, um sie dann über den Natodraht zu werfen.

So einfach war das, ich war ganz verblüfft, ich nahm den Becher und ging in die Küche.

Dieter roch an einem Franzbrötchen.
Mit Zimt?
Kennt man das in Frankfurt nicht?
Ei hosche mal.
Er nahm ein Rundstück in die Hand, drückte es.
Mit viel Seeluft.
Er öffnete den Kühlschrank.
Keine Eier?
Bist du schon mal einkaufen gegangen? fragte ich.
Ich geh nur zum Büdschen.
Hier gibt es richtige Geschäfte.
Ich glaub, ich leg mich wieder hin.

Ich sah vom Unterhemd über die Unterhose auf die Boots an seinen Füßen. Dieter stapfte aus der Küche zum Klo, als hätte er Siebenmeilenstiefel an.

Habt ihr keine Comics?

Auf dem Klo? fragte ich zurück, denn wenn ich etwas nicht ausstehen konnte, dann waren es Zeitungen, Comics und Bücher auf dem Klo. Nur Klaus ließ dort ab und zu die *Morgenpost* liegen, dann schrie ich:

Ich scheiß dir ins Bett!

Gibt es da keine Toleranz? rief Dieter.

Die wird aber nicht praktiziert, rief ich zurück.

Was redet ihr denn für ein Scheiß, sagte Klaus, als er seine Zimmertür öffnete.

Das hat Dieter eingeführt, in Frankfurt denken sie in Blasen.

Dieter furzte.

Tuten und Blasen, sagte Klaus und lachte über seinen Witz.

Ich war da empfindlicher.

Mach die Tür zu! rief ich.

Dieter kam vom Klo, zog dabei die Unterhose hoch und sagte:

Hier kann ich nicht scheißen. Gibt es keinen Kaffee?

Ich ging, ich wollte den Bolzenschneider in der Innenstadt klauen, bei *Karstadt* oder im *Alsterhaus.* Ich ging zur Christuskirche, fuhr bis zum Jungfernstieg, ging die Bergstraße hoch, bog in die Mönckebergstraße, fuhr bei *Karstadt* in den dritten Stock, griff mir einen Bolzenschneider in der Werkzeugabteilung, ging ganz ruhig wieder zur Rolltreppe, den Bolzenschneider in der Hand, fuhr zurück ins Erdgeschoß und atmete tief durch, als ich am Ausgang war.

Ich ging zum Rathaus, war schon dabei, die U-Bahn-Treppen runterzugehen, als ich mich anders besann. Am Fischmarkt würden sie auch ohne mich auskommen, und vor dem großen Sturm morgen war es notwendig, alle Kräfte zu konzentrieren und den Kopf freizubekommen von den Schatten, die das Ereignis vorauswarf.

Die Schatten mußten an die Wand, dann konnte jeder sie nach seinem Gutdünken deuten, und wenn wir uns am Morgen in der Fischmarktkneipe treffen würden, um gemeinsam in den Kampf zu ziehen, dann blieben sie zu Haus.

Als ich am Abend vorschlug, gemeinsam die Wohnung auszumalen, und Ingrid begeistert sagte:

Dann fangen wir bei mir an, ich hab die größte Wand, waren schnell alle Farben zusammengesucht, die wir hatten, und Klaus fuhr in seine Werkstatt, weil er dort jede

Menge Lacke aus dem Sperrmüll gehortet hatte, Pinsel auch.

Dieter füllte das Shillum.

Aber nicht kleckern, sagte Ingrid und nahm die Poster ab.

Dieter und Klaus rückten das Regal zur Seite, die Matratzen waren von Jochen und Rudi neben die Tür gelehnt worden, Herta leuchtete die Wand mit ihren beiden Stehlampen aus, nur Woll fehlte. Er hatte angerufen, er wollte bis zum Morgen am Fischmarkt bleiben.

Ich stellte mich zwischen Klaus und Ingrid. Ich malte mit Schwung eine Ente im Flug, trat zurück, sah Dieter, wie er immer wieder den Pinsel unten an die Wand hielt, zurückwich, plötzlich, den Pinsel fest an die Wand gedrückt, einen Kreis schabte und in den Kreis ein Kreuz schlug.

Soll das ein Rad sein? fragte ich.

Er kicherte irre. Ingrid war dabei, einen Baum zu malen, der stand wie festgemauert, kein Lüftchen würde je eines der Blätter bewegen. Herta zeichnete mit schwarzer Tusche einen klitzekleinen Stacheldraht, Klaus war noch mit Grundieren beschäftigt, Jochen hatte mit Bleistift eine Skizze gemacht, und Rudi hielt sich noch zurück.

Ich war am ausgreifendsten, meine Vorstellung bewegte sich schon auf der von Klaus grundierten Ebene.

Nun halt aber mal ein, fuhr er mich an, und ich trat wieder zurück.

Bis auf Dieters Entwurf, der noch ein kleineres Rad zum großen dazugesellt hatte, konnte man die Wilstermarsch, wenn man sie kannte, dort auf der Wand in Bruchstücken erahnen.

Ich hatte keine Lust mehr, ging in mein Zimmer, hörte, daß es noch hoch her ging – getrunken wurde auch –, dachte an Woll und schlief ein.

Wie immer war ich als erster wach, wollte die Frankfurter wecken und sah, als ich das Zimmer betrat, das zerstörte Bild. Meine Ente war von einem Klecks roter Farbe getroffen, die dann noch verschmiert worden war. Mutwille hatte auf der Wand gewütet. Ich schloß die Tür, holte aus meinem Schreibtisch ein Blatt Papier, schrieb: Ihr seid doch Arschlöcher, legte das Blatt auf den Küchentisch und ging.

Woll flog mir entgegen über die Teppiche, die quer zur Theke lagen, und ich verlor fast den Halt.

Ich bin so aufgeregt!

Auf dem Boden der Kneipe lagen Taue, Latten, Transparente, selbst Bohlen, Schlafsäcke und Zelte für die Zeit nach der erfolgreichen Besetzung, den Bolzenschneider hatte jeder vor sich auf dem Tisch liegen, neben dem Becher oder der Kumme mit Kaffee. Holger hatte seine Gitarre dabei, einer der Berliner auch, und als Woll und ich uns nach dem Kuß an einen Tisch setzen wollten, schlug er einen Akkord und begann – ich war auf die *Moorsoldaten* gefaßt –, ein Lied aus *River of no return* zu spielen. Der Berliner stutzte, lächelte, stimmte ein und ich sang – Woll sah mich überrascht an: *Jonny Guitar, Jonny Guitar, Jonny Guitar.*

Was du alles machst, sagte er.

Alle lachten.

Ob ich das auch lernen kann? fragte er Holger.

Später, sagte Willi, und das war das Zeichen zum Aufbruch.

Die Nachzügler trudelten allmählich ein. Ich nahm mir von der Theke eine Zitrone und eine Atemmaske, die da bereitlagen, und prallte am Kneipeneingang fast mit Dieter zusammen.

Das tut mir leid mit dem Bild, sagte er, Ingrid bekam plötzlich einen totalen Haß, dann fing sie damit an. Erst fanden wir das witzig, und dann war es zu spät.

Müßt ihr hier rumstehen? fragte Ute, die zwei Latten hinter sich her zog.

Ich wollte eigentlich mit Woll fahren, sagte ich zu Werner, der mir gewunken hatte.

Steig ein, jetzt brauchst du noch keine Angst um ihn zu haben.

Ein Bild von uns, wie wir den Zaun überwältigten, fanden wir später im *Spiegel.* Den Jubel auf dem besetzten Platz hat keiner in den vielen Berichten beschrieben. Wir hatten es geschafft und konnten es, nach vielen Umarmungen, immer noch nicht fassen.

Es war dunkel geworden, Zelte waren aufgeschlagen, Feuer gemacht und Lieder angestimmt, und die Bauern aus der Umgebung brachten warmen Tee, auch Brote und Äpfel.

Woll war nicht zu finden, und ich hätte so gern mit ihm die Freude geteilt. Zu spät, die Staatsmacht rückte plötzlich vor. Ich sah noch die Zelte brennen, hörte die Geprügelten schreien und rannte den Weg, den wir gekommen waren, wieder zurück.

Trotz der Empörung über die Vertreibung: Der Triumph überwog, und als wir uns wieder in der Fischmarktkneipe versammelt hatten, war klar, wir würden wiederkommen, das mußte gefeiert werden, nur ich kam nicht so recht in Stimmung, denn Woll war nicht mit zurückgekehrt.

Es war nicht so, daß ich weinte, schließlich war ich Delegierter unserer Gruppe bei den Wilstermarsch-Konferenzen, um dort einen öffentlichen Aufruf für eine zweite Platzbesetzung durchzusetzen und die anderen aufzufordern, sich mit einem Spaten zu bewaffnen, einerseits, um den Graben zuzuschaufeln, andererseits, um sich damit gegen die Bullen zu verteidigen. Denn Brokdorf war inzwischen zu einer Festung ausgebaut worden, umringt von Wasser. Unsere Gruppe war wegen ihrer erfolgreichen Spontaneität tonangebend geworden, auf meine Stimme hörte man, aber die K-Gruppen verdarben mir bald den Spaß, und ich blieb weg.

Ich kannte ja ihre Taktik aus eigener Erfahrung. Sie setzten sich so lange auf die Bewegung, bis sie platt war, um sich dann selbst als Vorhut auszurufen. Vorher mußten natürlich die Konkurrenten niedergemacht werden, und die Intrigen waren wichtiger als die vermeintlich gerechte Sache.

Wir ließen nicht nach, mit Flugblättern die Stimmung für eine weitere Platzbesetzung wachzuhalten, und die Stimmung war gut, unsere Meinung wurde begierig aufgenommen, wir heizten an und legten nach und waren in den Zeitungen schon als anarchistische Umstürzler ausgemacht.

Je größer der Ruhm wurde, und je mehr die Machtfülle wuchs: Mein Glaube an einen Erfolg sank. Selbst wenn ein paar Tausend aktiv kämpfen würden, die Zehntausende, die für den Kampf nötig waren und die auch kommen würden, wollten einfach nur dabeisein bei einem Ereignis, das die Nation bewegte, sich auch mal im Zentrum fühlen, da waren sie nicht anders als wir. Und wenn sie sich ausgetobt hatten, den Wasserwerfer gespürt und vom Tränengas gereizt waren, würden sie nach Hause fahren und wochenlang davon zehren.

So kam es dann auch, und die Schneidbrenner, Schilde und Pickel, mit denen wir diesmal angerückt waren, machten den Kampf nur verbissener. Das Tosen der Hubschrauber über unseren Köpfen während der Schlacht wurde später besungen in dem schönen Lied: *Da hilft nur noch Hubschraubereinsatz.*

Ich nahm nicht mehr an den Nachfolgedemonstrationen teil, und Woll blieb verschollen. Während andere die dritte Schlacht um Brokdorf vorbereiteten – oder war es schon der Aufmarsch weiter südlich in Grohnde? –, fuhr ich nach Griechenland.

In Athen blieb ich eine Woche in einem Hotel nahe den Markthallen, und am Omonia-Platz konnte ich nicht genug kriegen von den Männern, denn so etwas hatte ich noch nie erlebt. Die schätzten einen offenen Blick, nahmen mein Begehren auf, niemals las ich Ablehnung in ihren Augen, und das Leuchten schuf eine Verbindung ganz anderer Art.

Es war das Licht, das begriff ich auf Naxos, als ich vom Schiff ging, den Hafen entlang, den Ort verließ und weiter am Strand einen Hügel hinauf. Da war ich, ohne es zu wissen, auf dem Olymp angelangt. Ich ahnte so viel, als ich das Meer wieder sah, das weite Land vor den Bergen von Naxos im Widerschein der Sonne, und Paros gegenüber, daß ich tief durchatmen mußte, den Rucksack absetzte, den Zauber wirken und die Tränen laufen ließ.

Ich muß wohl lange versunken gewesen sein, hatte den Bauern zwar gesehen, der langsam, geschmeidig und schwer den Weg anstieg, aber wir waren doch jetzt beide Teil dieses Universums, und da war es nichts Besonderes, daß er vor mir stehenblieb, lächelte, grunzte, den Kopf etwas anhob, um auf Gemeinsames zu deuten, meine Hand nahm, sie umschloß, drückte, und, als ich aufstand, an seinen Schwanz führte.

Er hieß Apostolis. Ich mietete ein Häuschen für neunzig Mark im Monat, das an dem Weg lag, auf dem er abends oder auch schon mittags herunterkam. Er grunzte, wenn er mich auf der Terrasse sah, blieb auch manchmal stehen: *Ti kanes*? und ging weiter in die einzige offene Taverne, wenn ich geantwortet hatte: *Kala.*

Auf seinem Rückweg klopfte er bei mir, lehnte sich an den Türeingang und kam herein, wenn ich: *Ela* gesagt hatte. Er war katzenhaft auf der Hut, und wenn wir uns geküßt hatten, ging er gleich zum Bett und zog sich aus.

Ich war der zweite Tourist in Agia Prokopios, und Frank, ein Bayer, der schon öfter hier gewesen war, meinte, dieses Jahr sei der April besonders scheußlich, und eigentlich müßte man heizen:

Aber wir können froh sein, daß es hier weder Heizung noch Elektrizität gibt, denn dann wird auch dies Paradies schnell zerstört sein.

Wir stiegen den Stelida hinab, den Berg hinter dem Bergsattel an der Spitze der Halbinsel. Er führte mich durch eine Tamariskenhecke an einen Brunnen inmitten von Apfelsinenbäumen, wo wir windgeschützt Wasser tranken.

Es ist diese Ursprünglichkeit, die wir längst verloren haben, sagte er und schüttete ein Teil des Wassers in den Brunnen zurück.

Ich sagte nichts, denn diese Ursprünglichkeit, vor deren Strukturen ich auf unseren zwei Wanderungen in Dörfer im Innern der Insel bereits zurückgewichen war, wollte ich nicht.

Es ist das Licht, sagte ich, als wir auf dem Kamm standen, der die Senke um den Stelida abschloß.

Es war an einem Tag Ende April, die Stürme hatten nachgelassen, der Regen auch, der Trecker, der zweimal, morgens und abends, an meinem Häuschen vorbeifuhr, war schon längst hinter dem Hügel verschwunden – da, wo Apostolis sein *spiti* hatte –, und ich saß noch immer auf der Terrasse am Tisch und trank Tee. Ein Bauer kam auf seinem Esel vorbeigeritten, ich grüßte und wurde mit einem huldvollen Kopfnicken bedacht, es war Zeit, den Tag zu beginnen, und ich beschloß, einen von den beiden *trips* zu nehmen, die ich mir seit Hamburg aufbewahrt hatte.

Ich ging den Weg hinunter nach Agia Prokopios – noch spürte ich nichts –, weiter am Küstenstreifen entlang, setzte mich dann auf den Felsen, der sich als mächtiger Vorposten von Agia Anna ins Meer geschoben hatte.

Ich sah auf das Wasser, hörte auf den steten Schlag der Wellen, hatte die Hände auf dem Stein, glaubte plötzlich, jede Pore zu fühlen, und drehte mich auf den Bauch.

Der Fels lebte seit Urzeiten, er war nicht tot, wie ich immer geglaubt hatte. Wie ein Gecko kroch ich auf dem Stein herum und versuchte, teilzuhaben an der Unerschütterlichkeit dieses Brockens.

Etwas von der Ewigkeit, auf der ich mich bewegte, muß ich wohl mitbekommen haben, denn die Zeit kam mir erst wieder zu Bewußtsein, als ich den Trecker hörte, der zurück nach Agia Anna fuhr. Ich war erstaunt, mich kaum vom Fleck gerührt zu haben, wo ich doch jede Mulde, jede Wölbung glaubte ausgekostet zu haben.

Ich war anfällig geworden für die Begeisterung, die Frank Land und Leuten entgegenbrachte, und wenn ich auch nicht dazugehörte, so konnte ich doch – wie es die Eingeborenen taten – einen Sack nehmen, über Land gehen, Horta stechen, den ich dann stundenlang putzte, am Abend in kochendes Wasser warf und mit viel Olivenöl und Zitronensaft aß.

Im Mai war ich nicht mehr der einzige am Strand, und Apostolis besuchte mich jetzt, wo es auch Frauen gab, kaum noch in der Nacht. Er zeigte sich schon nachmittags nackt und bot den entsetzten Sonnenjungfern seinen steifen Schwanz dar. Als er damit keinen Erfolg hatte, näherte er sich eines Tages wieder mir.

Ich hatte auch meinen Stolz und beachtete ihn nicht. Er tänzelte um mich herum, legte sich rücklings an meine Seite, rieb mit seinem Arsch mein Becken, drehte sich, legte sein Bein über mein Bein, seine Hand auf meine Brust, schob sie den Bauch runter an meinen Schwanz, und als er dann zugriff, faßte auch ich zu.

Er grunzte, ich lachte, so lagen wir, umarmten und

drückten uns. Nachts legte er sich auf mich und kam schon zum Orgasmus, während er seinen Schwanz zwischen meinen Schenkeln rieb. Wir schliefen zusammen ein. Im Juni, als es mir zu voll wurde, ging ich zu ihm hoch, er sah gerade aus der Tür ins Tal hinunter, und sagte ihm auf Wiedersehen. Er zog mich an sich, grunzte, tätschelte meinen Arsch, holte seinen Schwanz aus der Hose, damit ich ihn noch einmal wog und streichelte.

Zurück in Hamburg, habe ich in der ersten Zeit am Abend oft auf dem Balkon gestanden und über die Juliusstraße zum Hafen gesehen, mir ausgemalt, wie Apostolis mich begrüßen würde, wenn ich wiederkäme, habe sein tief befriedigtes Grunzen gehört und seine Arme geahnt, mit denen er mich fast erdrücken würde.

Ich lebte nicht mehr in der Meißnerstraße, sondern mit Dieter, der in Hamburg geblieben war, und Holger, der vom Fischmarkt genug hatte, gegenüber von *Tausend Töpfe* im Schulterblatt.

Anfang Mai berichtete Holger, daß gegen Mittag eine Monika Seidel angerufen und nach Dieter verlangt habe.

Monika Seidel? Ich kenne keine Monika Seidel, sagte Dieter.

Wenig später – Dieter war gerade in seinem Lederladen in der Susannenstraße, rief ein Werner an und sagte, eine Genossin Rosa hätte ihm gesagt, daß sie mit Dieter gesprochen und ausgemacht hätte, bei uns im Schulterblatt zwei Koffer unterzustellen.

Monika hat deswegen auch schon angerufen, sagte ich, was habt ihr denn vor?

Der Herr Werner blieb cool und sagte, daß sie was zum Tode von Ulrike Meinhof machen wollten.

Davon weiß ich ja gar nichts, sagte ich.

Bist du denn noch in der Aktionsgruppe Eimsbüttel? fragte er.

Mensch, Alter, sagte ich, wenn du es nicht weißt, dann wird es bestimmt Monika oder die Genossin Rosa wissen.

Wir waren also immer noch ein Objekt für den Verfassungsschutz.

Ich verdiente Geld als Bote beim NDR. Abends griff ich zum *dope*, später überwachte ich die Glut im Ofen für den nächsten Morgen und fragte:

Darf ich soviel vom Leben verlangen?

Sicher, sagte Holger, wenn es nicht verboten ist?

Er ist wieder da!

Ich drehte mich um, Holger schmiß einen Packen Plakate auf den Tisch.

Was ist das? fragte ich.

Hast du nicht gehört? Er ist wieder da!

Wer?

Woll!

Ich ging vom Balkon in unser Gemeinschaftszimmer, nahm ein Plakat. Auf stahlblauem Hintergrund schwebten in Rosa die Worte: *TucTuc.*

*Cafe, Bar, Bühne, Oelkersallee* war in weißer Schrift als Treppchen angeordnet.

Hast du das gemacht?

Holger antwortete nicht, er schüttelte nur den Kopf, ging durch die offene Schiebetür in sein Zimmer, setzte sich an seinen Schreibtisch, zog an der Strippe der Jalousie, und *Tausend Töpfe*, Schwarz auf Gelb, verschwand.

Wo ist er? fragte ich.

Er drehte sich um.

Du würdest ihn kaum wiedererkennen.

Wo?

Am Fischmarkt.

Was macht er?

Er ist Punk geworden, da braucht man nichts zu machen.

Das hat ihm schon immer gestanden.

Ich legte das Plakat auf den Stapel zurück und ließ Holger allein. Punk war wohl nicht seine Sache, Punk zeigte mit Fingern auf das Ende unserer Geschichte, deren Erklärungsmuster wir alle so liebgewonnen hatten.

*Do I like punk?* fragte ich mich und legte mich aufs Bett. Aber nicht Woll, sondern der blonde Berliner kam mir in den Sinn, wie er, beim Frühstück in Agia Prokopios, den Arm hob, die Hand auf den Kopf legte und ich glaubte, soviel Anmut zwischen Schulter und Ellbogen noch nie gesehen zu haben. Er konnte nicht umhin, die Geste ein paarmal zu wiederholen und sich scheu, aber begierig immer wieder seiner Wirkung zu versichern.

Naxos offenbarte viele Götter, und ich hatte ihn bald vergessen. Ich ging schwimmen, ich schlief über Mittag, schwamm wieder am Nachmittag, und abends zur Dämmerung saß ich bei Fisch und Wein, die Stimmung war gut, und als ich nach Hause wollte, hatte ich wie üblich zuviel getrunken und bemerkte ihn zuerst gar nicht im fahlen Schatten des Neumonds.

Er löste sich von der Hauswand. Wie selbstverständlich legte ich den Arm um seine Hüfte, sagte dann:

Was machst du denn hier?

Er lächelte und wiederholte die Geste vom Morgen. Wir gingen schweigend um den Felsvorsprung den Hang hoch, dann blieb er stehen.

Ich komme nicht mit.

Aber du möchtest doch. Zeig mal.

Ich öffnete seine Hose, und er stöhnte erleichtert, als ich den steifen Schwanz befreite.

Komm mit, sagte ich.

Er schüttelte den Kopf. Ich drehte ihn um, und als ich meinen Schwanz zwischen seinen Arschbacken rieb, schrie er vor Lust auf und fing wie wild an zu wichsen.

Du tust dir weh, sagte ich, laß mich das machen.

Woll würde sich melden oder nicht melden, auf keinen Fall wollte ich mich aus meinem Rhythmus bringen lassen. Ich würde einkaufen gehen, bei Dieter in der Lederwerkstatt vorbeischauen und den Nachmittag am Hafen verbringen. Vielleicht würde ich Klaus und Herta und Ingrid besuchen, die in der Buttstraße keinen Platz mehr gefunden hatten, dafür eine Wohnung direkt am Fischmarkt Nr. 7 im dritten Stock, und vielleicht würde ich dann weiter in die Buttstraße gehen und mal sehen, ob er da war.

Als es klingelte, wußte ich Bescheid. Gott sei Dank war er nicht allein. Er hatte eine Frau dabei – ein fettes, schwarz bemaltes, mit Ketten behangenes Teil –, die ihre verfärbten Haare seit Wochen nicht mehr gewaschen hatte.

Sie drängelte sich an mir vorbei in den Gemeinschaftsraum – ich hörte, wie Holger die Schiebetür schloß –, kam zurück und sagte zu Woll:

Platz ist hier genug.

Er hatte kurze schwarze Haare. Das besprühte, zerlöcherte Unterhemd wirkte wie Reizwäsche. Um das linke Handgelenk hatte er jede Menge grauer und schwarzer Bänder gebunden.

Sie ging in die Küche, öffnete den Kühlschrank, rief:

Kein Bier?

Schick sie weg, sagte ich, rührte mich nicht von der Stelle.

Eh! rief Woll, geh schon mal vor!

Das ist doch Scheiße, sagte sie, ging aber.

Wie geht's? fragte er.

Unwillkürlich legte ich den Arm um seine Hüfte und zog ihn an mich. Er lächelte, hob die Arme, legte sie dann auf meine Schulter. Er hatte wieder gewonnen.

Ich habe oft an dich gedacht, ich mache nämlich Musik.

Wie Musik? fragte ich.

Ich spiele Gitarre.

Gitarre?

Ich komme morgen wieder vorbei, denk dir mal was aus, so zum Singen.

Er griff nach meiner Nase, drehte sie, als wolle er mich anknipsen, sprang die Treppe runter, und als die Tür ins Schloß fiel, wechselte ich das Standbein. Erst als Holger mich rief, machte ich den Versuch, einen Schritt vor den anderen zu setzen.

Na, wie war's? fragte er.

Wenn ich das wüßte!

Du bist doch nicht ganz dicht.

So muß es wohl gewesen sein. Ich vergaß den Einkauf, ging nicht in den Hafen, sondern in mein Zimmer zum Hinterhofschacht, knipste Licht an, nahm Schreibblock und Kuli, setzte mich aufs Bett und dachte nach.

Ich schrieb:

*Ich geh an dir vorbei, du stehst und klagst, ich geh an dir vorbei, und du verzagst, das Leid in deiner Stimme nimmt mir die Laune.*

*Ich trete über dich, du willst mich packen, ich lache über dich in deiner Not, der Schrei aus deinem Herzen rührt keine Träne. Ich bin nicht für dich da, geh ohne mich, und wenn du für mich stirbst, dann stirb alleine.*

Das würde ihm gefallen. Ich hatte diese Haltung als Pose oft eingenommen, und als Refrain könnte man singen: *Junge, komm bald wieder*, als Kontrapunkt und Hinweis darauf, wie banal das Leben war.

Ich wurde nächstes Jahr vierzig. Ich sprang auf, ging zum Spiegel im Flur, ich hatte viel vor. Ich wuschelte mir in den Haaren, setzte mit Zeige- und Mittelfinger symbolisch die Schere an, holte aus der Abstellkammer das Hemd, das Dieter beim Renovieren getragen hatte, riß die Ärmel aus, schnitt den Kragen ab und streifte es über.

Ob ich mitmachen konnte oder nicht, hing davon ab, ob ich die passende Hose dazu fand. Dem Wunsch kam der Einfall zu Hilfe, ich ging zu meiner Kommode, zog aus der untersten Lade die Bermudashorts hervor, die unsere Verwandten in Minneapolis vor der Währungsreform in einem Carepaket geschickt hatten.

Damals waren sie der Inbegriff von Überfluß für mich gewesen, und ich hatte sie als Pfand behalten, nie getragen, aber jetzt würde ich mir den Luxus leisten.

Holger! Kannst du mir die Haare schneiden?!

Er öffnete die Tür, starrte mich an, sein Gesicht verzog sich.

Da weiß man nicht, ob man weinen oder lachen soll.

Hab dich nicht so.

Ich ging in die Küche, holte die Schere von der Anrichte, drückte sie ihm in die Hand.

Mach.

Ich kann das nicht.

Darum geht es ja.

Ich ging in die Knie.

Mach schnell, ohne zu überlegen.

Ich nahm die Brille ab, er griff in mein Haar und schnitt ab, was zwischen den Fingern war.

Zufrieden?

Ich ging in die Dusche, machte die Haare naß, schnitt ein paar Korrekturen, kramte die alten Tennisschuhe aus, die ich zum Renovieren getragen hatte.

Die Sonne würde es an den Tag bringen, ob ich der Welt genehm war, und um meinerseits keine Zweifel aufkommen zu lassen, reckte ich mich, als ich aus der Tür trat, und im Wohlgefühl einer neuen Haut bog ich um die Ecke, ging die Susannenstraße runter, um mich Dieter zu präsentieren.

Er war nicht da, hatte einfach den Laden abgeschlossen. Ich ging ins Schulterblatt zurück, stellte mich im Supermercato, gleich neben dem Hauseingang, hinten an den Stehtisch, trank einen Espresso, bemerkte die Blicke vom Paar am Nebentisch und hörte ihn sagen:

Das fällt wohl unter die Rubrik *Das fiel mir auf.*

Ihr hämisches Lachen weckte meinen Widerspruch.

Da gluckert die Jauche, sagte ich, warf Geld auf den Tisch und hatte einen guten Abgang.

Von der Telefonzelle aus rief ich am Fischmarkt an und hängte ein, als Werner sich meldete. Noch so eine Fehlleistung, und ich würde am Abend so alt sein wie Methusalem und in der Nacht tausend Tode sterben. Ich besann mich hiesiger Tugenden, blieb stur und ging zum *DS* einkaufen.

Ich hatte Kartoffeln, Zahnpasta und Pril im Korb, stand vor den Milchprodukten, sah auf meine durchlöcherten Schuhe, griff zum Quark – und erlitt beinahe einen Einbruch, denn plötzlich stellte sich eine Beziehung zwischen dem Kartoffelsack und meinen Shorts her, und ich war gezwungen, das Ensemble der Produkte mit meiner Garderobe zu vergleichen.

Ich legte die Kartoffeln wieder zurück, griff statt dessen nach Bananen, und als ich mich der Kasse näherte, wurde die Schranke nebenan geöffnet. Der schnelle Durchgang gab mir Mut, und an der Straßenkreuzung ließ ich die Krise hinter mir.

Am nächsten Tag zog ich wieder Jeans an und ein T-Shirt, und als Woll dann kam, hatte ich eigentlich keine Lust mehr.

Er setzte sich mit seiner Gitarre in Holgers Zimmer, ich setzte mich auf das Sofa im Gemeinschaftsraum, nahm die *Morgenpost* und las mein Horoskop, denn in der *Morgenpost* war ich Wassermann, überall sonst Steinbock, und Wassermänner waren, das wußte ich von Herta, irgendwie kreativer, und das machte mir diese Zeitung immer wieder sympathisch.

Woll schlug ein paar Töne an, begann zu spielen, spielte *River of no Return.* Tränen stiegen mir in die Augen, und plinkernd legte ich die Zeitung auf den Tisch.

Warum singst du nicht? fragte er.

Ich stand auf und wischte die Tränen weg. Ich ging zu ihm, er blickte von der Gitarre auf, ich stellte mich neben den Schreibtisch seitlich ans Fenster, sah zu *Tausend Töpfe* und sang:

*Jonny guitar, Jonny guitar, Jonny guitar* ..., brach ab und begann, den Text aufzusagen, den ich gestern aufgeschrieben hatte.

Woll schlug Mißgriffe an, versuchte, mich zu übertönen. Ich wurde ärgerlich, lauter, aber er wollte es wissen, bis ich schrie:

*Dann stirb alleine!*

Er warf die Gitarre auf Holgers Bett, ich stürmte auf den Balkon. Als ich mich umsah, saß er auf dem Sofa und spielte lautlos. Ich setzte mich zu ihm.

Wir müssen wohl üben, sagte er.

Wir übten fast jeden Tag und hatten bald drei Lieder im Repertoire, aber das eigentliche Wunder waren die Nachbarn. Woll hatte mittlerweile einen Verstärker und eine E-Gitarre organisiert, und wenn ich sang:

*Ich will auch auf den Boden der FDGO. Was ich da alles machen kann! Zuerst schaff ich mir Platz, dann laß ich andere für mich arbeiten. Wer das nicht kann, den laß ich darben, wer das nicht will, den schieb ich ab,* war ich nur noch Stimme und Woll Klangkörper. Die Nachbarn von nebenan klingelten und sagten:

Wahnsinn, was ihr da macht. Niemand beschwerte sich, und wir übten, weil es heiß war, bei offenen Fenstern. Klaus sagte, als er uns besuchte, weniger begeistert:

Man hört euch schon am Pferdemarkt.

Woll und ich lebten jetzt im Reich der Töne, da stimmten wir uns ab, schmeckten wir einander, schöpften voneinander Kraft, gingen mit gleichem Schritt andere Wege und blieben doch verbunden, so, wie ich es vor dem Stimmbruch in der Kirche erlebt hatte, als ich vorgetreten war aus dem Chor, mein Gesang aufstieg und sich im Brausen der Orgel wiederfand.

Ich wollte auch einen Verstärker, denn ein Auftritt stand bevor. In der Fettstraße sollte ein großes Fest stattfinden. Ein bildender Künstler, der dort in einem Loft wohnte, hatte uns von der Straße aus gehört und dazu eingeladen, bei ihm im Hinterhof ein paar Lieder zu spielen. Ein Schlagzeug würde bereitstehen, um den Schlagzeuger sollten wir uns kümmern.

Wir drängten Holger, und ich klingelte am Fischmarkt Nr. 7, um mir von Herta Geld für zwei Boxen und ein Mikrofon zu leihen.

Du?

Sie war nicht überzeugt, machte trotzdem Tee, holte ein paar Kekse aus der Büchse und deckte in der Küche, denn dort schien die Sonne über den kleinen Balkon.

Sie wußte natürlich, daß ich jetzt Sänger war, aber sie wollte es nicht glauben. Ich ging durch den dunklen Flur und sah aus dem Fenster zum Hafen, kam zurück, setzte mich wieder.

Ich kann es mir nicht vorstellen, sagte sie, und ich wußte, es hatte keinen Zweck, ich mußte ohne Anlage singen.

Auch Holger schien von unserem Auftritt wenig überzeugt, er hatte sich vorher besoffen, das Schlagzeug fand er noch, aber Woll mußte ihm die Schlagstöcke in die Hand drücken, die neugierigen Exgenossen im Publikum johlten, ich stand und wartete, bis Woll begann.

Er kam nicht rüber, Holger fand den Rhythmus nicht, und als ich anfing zu singen, mußte ich beide tragen. Die Zuhörer hielten uns schon für besiegt, sie klatschten bereits.

*Don't fight with me*, sang ich, und meine Stimme schwoll, *love me, oder ich sprenge deinen Kopf, dann fliegst du weg und grabschst nach Straßendreck. I shoot you, wenn du aufstehst, und deine weiten Augen weiden sich an meinen Gammastrahlen.*

Jetzt kam Woll. Er trat vor, mit geneigtem Kopf, den Blick in anderen Sphären, und ausdruckslosem Gesicht übernahm er erst mal den Rhythmus, denn Holger war dazu nicht mehr in der Lage. Er stanzte Ton um Ton, und als die Form festgemauert war, teilte er Hiebe aus, feuerte Breitseiten, auch ohne Rücksicht auf mich. Er wollte seine Wut loswerden, zeigen, wer hier wen im Griff hatte.

*Oh!* schrie ich, um ihn an mich zu erinnern. *Ein bißchen bist du auch schwul! So dreißig Prozent und besoffen dazu. Nimm hundert, du brauchst deine ganze Kraft, denn diese Freundschaft laß ich nicht zu!*

Wir hatten sie, sie johlten wieder, aber diesmal aus Zustimmung. Der Erfolg hatte uns so erregt – Holger mußte am Ende weggetragen werden –, daß wir uns auf dem Fest unhertreiben ließen, und wenn wir uns trafen, lachten wir, umarmten uns, oder wir prosteten uns zu.

Das weitere Fest fand ohne mich statt, ich nahm nur Umrisse wahr, und die Gespräche, die ich im Vorbeigehen führte, hatten für mich rein melodischen Charakter. Als dann in der Mitte vom Hof ein Bett aufgebaut, darüber eine große Samtdecke gelegt wurde, der Gastgeber mit seiner Braut zu einer Vorstellung unter die Decke kroch, neben mir jemand sagte:

Wie ich die kenn, ficken die wirklich, ging ich. Ich hatte genug, wollte allein sein, wollte erst nach Haus, ging aber die Juliusstraße hoch, weiter in die Thadenstraße, merkte, wie es mich zum Fischmarkt trieb, kehrte um.

Herta gab mir nach unserem Auftritt das Geld für die Anlage. Woll und ich wollten groß rauskommen, wir übten nicht mehr nur nach Lust und Laune, sondern jeden Nachmittag zwischen drei und fünf, so hatten wir es mit den Nachbarn abgesprochen.

Einmal, kurz vor der Probe – ich war auf dem Küchenbalkon, packte Flaschen in eine Gemüsekiste, ging ins Bad, wusch mir die Hände und überprüfte im Spiegel mein Gesicht –, hörte ich eine helle Stimme mehr sagen als singen:

Ich geh an dir vorbei.

Verwundert ging ich in den Gemeinschaftsraum, Woll brach gleich ab und wurde rot.

Er senkte den Blick auf die Gitarre, spielte weiter, hörte auf, als ich gerade einsetzen wollte.

Was ist?

Hast du heute abend Zeit?

Wo?

Am Fischmarkt, da machen die Schwulen ein Fest.

Ich hatte davon gehört und war mir ziemlich sicher, daß wir nicht willkommen waren.

Die sind doch ganz anders drauf.

So war es denn auch, die Tunten dominierten als drittes Geschlecht mit viel Schminke, falschen Wimpern, grellen Fummeln und schrillen Schreien. Sie schwirrten von Schwester zu Schwester und vertrieben dabei den Muff aus der Kneipe.

Unsere Ausrüstung hatten wir an die Theke gestellt, und

wir warteten auf eine Gelegenheit, auf die Bühne zu kommen – Woll im Schutz einer schwarzen Motorradjacke. Ich trug einen alten Kleppermantel über Hemd und Bermudas.

Der Auftritt der Dohlen aus dem Dreimäderlhaus mußte bald vorüber sein, sie sangen noch mal den Refrain:

*... wie einst Lili Marleen, wie einst Lili Marleen,* fielen sich in die Arme, und während sie bestürmt wurden und die Begeisterung abebbte, bauten Woll und ich die Anlage auf. Als Woll ein paar Griffe wagte, um den Ton zu überprüfen, bemerkte man uns. Man betrachtete uns als Eindringlinge.

Fang an, sagte ich zu Woll, trat vor, sang:

*Im Vau Weh, ole, Kabrioleh, da ist die Stadt o.k. Tu vielleicht ein bißchen dick, laß dabei mein Armband sehn aus Lilaleichtplastik,* und zeigte es der Menge vor uns, schließlich war es mein Solidarbeitrag zur Bewegung. Die Mienen hellten sich nicht auf, ich konnte noch singen:

*Du fährst U-Bahn, seufzt an Fensterscheiben, alte Eckenkröte,* dann schrie Werner:

Du sollst keine Heterolieder singen!

Eine Lady, mit Spiegelherz auf dem Revers, riß mir das Mikrofon weg, ich trat sie, löste damit ein Kreischen und Toben aus, ein Flattern und Händeschlagen, das mich fast begrub.

Weiter! rief ich Woll zu, konnte mich befreien, wir brachten unser Lied zu Ende und verließen dann die Bühne.

Ich brauchte Geld. Ich rief beim NDR an, man konnte sich an mich erinnern, man wollte mich auch wieder haben.

Vor allen Dingen hatte ich eine Krise, seit unserem mißglückten Auftritt kam ich mir alt vor, ich sah in der Musik keine Zukunft mehr für mich, und die Vorstellung, bis ans Lebensende in irgendwelchen Jobs dahinzusiechen – jeden Tag die gleiche Frau, ohne Hoffnung auf ein Entrinnen, aussichtslos –, den Abend halb blöd und kaputt vor der Glotze zu verbringen, vollgedröhnt jede Sekunde vergessen zu wollen, um dann am Morgen aufzustehen und mit stummer Wut zur Arbeit zu gehen, das machte mich fertig.

Es ist vorbei, sagte ich zu Woll.

Du machst Theater.

Das ist auch vorbei.

Du läßt mich allein?

Das stimmt nicht, sagte ich, aber Woll kämpfte schon mit den Tränen, und ehe ich ihn umarmen konnte, war er aus der Tür.

Du bist gemein! rief er noch.

Ich hatte erreicht, was ich wollte. Ich war fertig, am Ende, ich konnte mich gerade noch zur Arbeit schleppen und dort so tun, als ob, zu Hause sackte ich zusammen, und unter Leute traute ich mich nicht mehr.

Woll kam nicht mehr, und ich wagte nicht, ihn zu besuchen.

Du hast keine Schuld, sagte Dieter, du könntest sein Vater sein, irgendwann mußte euch das klarwerden.

Holger meinte, es wäre längst Zeit für mich gewesen,

von der Jugend Abschied zu nehmen. Als ich hörte, daß Woll dabei war, mit anderen eine Band zu bilden, packte es mich.

Bist du auf der Flucht? fragte Dieter, als er mich durch die Wohnung irren sah.

Ich wechselte die Gangart, ahmte den Siebenmeilenschritt nach, durch den Dieter mittlerweile im Viertel bekannt war, und ließ mich dann aufs Sofa fallen.

Soll ich für dich fahren? fragte er.

Ich griff zur *Morgenpost*, legte sie aber gleich wieder weg.

Nach Afrika?

Er stand auf.

Auf Schatzsuche? fragte er, langte nach der *Morgenpost* und ging aufs Klo.

Ich buchte über Athen, wollte vielleicht in Naxos noch ein bißchen Ruhe finden. In Piräus angekommen, entschied ich mich anders, und als ich in Kairo mit dem Bus vom Flughafen Richtung City fuhr, dunkel war's, kein Mond schien helle, konnte ich die Tränen nicht mehr zurückhalten.

Mein Nachbar ergriff meine Hand, tätschelte sie, ahnte, daß mir eine Bleibe fehlte, und ich folgte ihm aus dem Bus zu einem Hotel.

*Germany very good*, sagte er zum Abschied.

Ich legte mich bald schlafen, und ich hatte einen Traum, der mich seit der Flucht unserer Familie aus Schlesien bis zur Pubertät fast jede Nacht gequält hatte.

Mein Teddy! rief ich.

Großvater reichte Mutter das Stofftier, und Mutter gab

es mir. Ich stellte mich neben das Gepäck, das vom Großvater aus dem Fenster gereicht und vom Vater auf dem Bahnsteig abgestellt wurde, wo schon zwei Reisetruhen aus dem Gepäckwagen standen.

Es waren drei! rief meine Tante.

Ich lief ihr nach, wollte sie bei der Hand fassen, aber mein Cousin drängte mich weg, stellte sich vor den Zugführer, der ihn beiseite schob und zum Vater ging, der gerufen hatte.

Mit gesenktem Kopf drückte ich meinen Teddy, und als ich wieder aufsah, war ich allein. Vater, Mutter, der Großvater, die Tante und meine beiden Cousins waren verschwunden, meine kleine Schwester auch, nur das Gepäck stand herum.

Ich ging in den Warteraum, wollte den Mann hinter dem Schalter fragen, aber als ich mich auf die Zehenspitzen stellte, war auch er nicht mehr zu sehen. Ich schmiegte mich an meinen Teddy, verließ den Raum, wollte mich zum Gepäck stellen, auch das war weg. Ich fing an zu weinen.

Ich reiste von Kairo nach Luxor, von Luxor nach Assuan, überquerte den Stausee auf einem Schiff mit angetäutem Beiboot, von Wadi Halfa fuhr ich mit dem Zug nach Karthoum, weiter auf Lkw und Reisepritschenwagen nach Kosti. Von dort wollte ich auf dem Nil nach Juba.

Auf der Fahrt verließen mich die Kräfte, bei jeder Schwelle wurde ich in die Luft geschleudert, meine Nachbarn legten mir die Hände auf die Schenkel und hielten mich so auf der Bank. Am Ende schaffte ich es noch, vom

Wagen zu klettern, dann versagten die Beine, ich sackte zusammen.

Du bist wohl ausgebüxt, hätte Bauer Spille gesagt, so wie damals, als er mich und Hugo Schwarting auf dem Markt in Wildeshausen gefunden hatte.

Ich hatte mehr gewollt, bevor ich mit Hugo loszog. Sind die Plätzchen schon fertig? fragte ich, denn wie immer am Sonntag nach dem Mittagessen, wenn Lotte den Abwasch gemacht hatte, buk Mutter entweder Kuchen oder Plätzchen.

Lotte! rief sie, gibt es schon was zum Naschen?

Er kann es wohl nicht abwarten.

Lotte ahnte etwas, das hatte ich am Tonfall gehört. Sie würde nichts sagen, aber keine Gelegenheit auslassen, um mich in Verlegenheit zu bringen.

Ich würde mit Hugo den ganzen Weg nach Wildeshausen über die Heide laufen müssen, und ich wußte nicht, wie lange wir brauchen würden. Wir mußten auch abends wieder zurück sein, denn die Eltern sollten nichts merken.

Ich will doch nachher mit Hugo an die Hunte.

Schiffe versenken? fragte Lotte.

Bitte, drängelte ich.

Na gut, sagte Mutter, dann gibt es sie heute eher. Aber nur ausnahmsweise!

Ich zog mich schnell an, lief durch die Küchentür hinaus zum Schweinestall, machte Lotte eine lange Nase und pißte an die Wand.

Hugo wartete schon bei den Linden an der Straße und pfiff.

Ich krieg noch was zum Essen mit!

Mutter nahm die heißen Plätzchen vom Blech und packte sie in eine gebrauchte Tüte, die sie in der Speisekammer in einem Karton zusammen mit altem Papier aufbewahrte, und schüttelte den Kopf dabei.

Das ist wirklich das letzte Mal.

Wir erreichten den Jahrmarkt, aber wo war das Paradies? Das hatten wir uns anders vorgestellt, besonders, als der Weg kein Ende nehmen wollte und die Plätzchen aufgegessen waren. Es gab fast nur Vieh und landwirtschaftliche Geräte.

Wir setzten uns auf die Planke vom Pferdezaun. Wir hatten ein Karussell gezählt, drei Schießstände, zwei Buden mit Süßigkeiten, einen Stand, wo es Geschirr gab und andere Dinge, und die Würstchenbude von Schlachter Gehrke.

Die meisten Erwachsenen waren schon betrunken und rempelten uns. Als die ersten Lichter angingen, war unsere Kraft erschöpft, und als jemand uns vor dem Bierzelt von hinten packte und sagte:

Ihr seid wohl ausgebüxt, heulten wir.

Bauer Spille brachte uns mit seinem Leiterwagen nach Dötlingen zurück, die Eltern hatten sich Sorgen gemacht, und ich bekam zum ersten Mal in meinem Leben von meinem Vater Prügel.

In Showak, nahe der Grenze zu Äthiopien, wohin ich gefahren war, weil Woll und ich von Rundhütten aus Lehm mit Spitzdächern aus Stroh geträumt hatten, gab es einen Platz mit ein paar Buden, auch ein paar zusammengehauene Tische und Bänke, wo ich mich hinsetzte und einen Kaffee bestellte. Als die Kaffeebohnen geröstet, dann gestampft und schließlich aufgekocht wurden, verfloß Jahr um Jahr. Die Zeit schien so unbedeutend zu sein wie die verstreuten Hütten inmitten der übermächtigen Natur. Nur ein paar Büsche wuchsen weit und breit, am Horizont waren nur Luftspiegelungen zu sehen – ich sah mich als Kind.

Der Buh kommt! Der Buh kommt! rief ich, wurde von Lotte mit dem Staubsauger verfolgt und fand an Mutters Knien Schutz.

Lotte! rief sie.

Ja?

Warten Sie mit dem Saugen.

Mutter zog mir den Russenkittel gerade, strich mir über den Kopf, legte die Hände auf die Tasten und spielte *Schneeflöckchen, Weißröckchen.*

Der Buh kommt! Der Buh kommt! rief ich wieder, als das Geräusch einer Flugzeugstaffel ins Zimmer drang.

Das sind Flugzeuge, die tun uns nichts, die fliegen weiter nach Polen.

Vater schlug die Wagentür zu.

Bisher haben wir Glück gehabt. Schlesien ist die reinste Schlafkammer in diesem Krieg. Komm herein!

Nein, ich warte hier unten, sagte Franz. Deine Frau hat sicher zu tun und wird es mir verzeihen.

Du drückst dich vor meinem Sohn.

Sag ihm bloß nicht, daß ich hier bin.

Das wird sich nicht vermeiden lassen, komm schon.

Lotte stellte den Staubsauger ab, als sie die Haustür zufallen hörte, und ging in den Flur.

Es ist noch nichts vorbereitet.

Vorlaut wie immer!

Ich drängelte mich an Mutter vorbei.

Onkel Franz! Onkel Franz!

Vater wollte mich auf den Arm nehmen, aber ich wehrte mich.

Onkel Franz, wohin fahren wir?

Ich streckte die Arme nach ihm aus. Franz hob mich hoch.

In den Himmel.

Er ließ mich los.

Und in die Hölle.

Er fing mich wieder, und ich kreischte vor Vergnügen.

Franz, was machen Sie mit dem Kind.

Laß ihnen doch den Spaß.

Was stehen Sie hier herum, Lotte?

Ich weiß doch nicht, was Sie wollen?

Das sage ich Ihnen schon.

Ich hab's doch nur gut gemeint, Frau Poppe.

Ich hatte Franz die Arme um den Hals gelegt und flüsterte ihm was ins Ohr, Franz reckte den Kopf, schüttelte ihn, aber ich schmiegte mich flüsternd an ihn.

Vater lachte.

Er gibt doch keine Ruh, nun fahr schon, aber nur eine Runde.

Franz nahm mich unter den Arm, rannte mit mir aus dem Haus, öffnete den Kadett, setzte mich neben sich auf den Beifahrersitz, griff nach hinten zum Plaid, hüllte mich damit ein, ließ den Motor warmlaufen, wischte das Eis von der Scheibe.

Wohin, Herr Pinguin?

Ich bin kein Pinguin.

Weil du nicht schwimmen kannst.

Ich kann schwimmen.

Ich auch.

Franz machte über dem Steuer Schwimmbewegungen. Ich schlug auf ihn ein.

Du sollst fahren.

Wohin? Dahin? Dorthin?

Nein! Zur schnellen Straße.

Die schnelle Straße ist heute gesperrt.

Warum?

Da fährt der große Buh und macht bumbum.

Der Buh soll weg.

Ich kämpfte tapfer mit den Tränen, Franz nahm mich auf den Schoß, ich griff ans Steuer, und Franz lenkte den Wagen langsam geradeaus.

Als er mir das Steuer überließ, mich umarmte, sich an mich schmiegte, auf die Bremse trat und dabei stöhnte, rief ich:

Weiter! Immer mußt du stehenbleiben.

Als wir zurückkamen, hatte Lotte schon den Tisch gedeckt, griff nach mir und sagte:

Du kommst gerade richtig zum Händewaschen.

Ich stieß sie weg.

Ich gehe mit Onkel Franz.

Der hat es bestimmt auch nötig.

Lotte!

Mutter kam aus der Küche.

Kümmern Sie sich um die Klöße.

Sie verschwand im Schlafzimmer, Lotte ging in die Küche, und Franz wurde von mir ins Bad gezogen.

Wo seid ihr denn alle? rief Vater, der vom Herrenzimmer durch Wohn- und Eßzimmer in den Flur gegangen war.

Papa!

Ich ging zu ihm, stellte mich neben ihn, nahm seine Hand.

Ich möchte lieber ein Auto vom Weihnachtsmann.

Vater nahm mich auf den Arm.

Du hast dir schon einen großen Teddy gewünscht.

Den möchte ich später.

So, und du glaubst, du kannst dann jeden Tag mit Franz Auto fahren.

O ja!

Franz ist Soldat, Franz muß wieder in den Krieg.

Aber wenn ich brav war und der Weihnachtsmann mir glaubt, dann vielleicht nicht.

Warten wir ab.

Er stellte mich auf den Boden.

Und jetzt sei brav und laß Franz in Ruh.

Er winkte Franz, der aus dem Bad kam, und beide gingen ins Herrenzimmer.

Du auch?

Vater schenkte sich noch einen Korn ein. Franz schüttelte den Kopf und hob abwehrend die Hände.

Aber über den Krieg will ich nichts hören.

Du mußt, denn er ist längst verloren. Es wird nicht mehr lange dauern, bis die Russen kommen und wir fliehen müssen.

Mit dem Gedanken soll ich zurück an die Front?

Ein klarer Kopf hat noch niemandem geschadet.

Er kippte den Korn. Franz ließ sich auf das Sofa fallen. Vater setzte sich zu ihm.

Du mußt mir helfen, unsere Flucht vorzubereiten.

Das ist viel verlangt.

Ich weiß, was es heißt, wenn der Untergang gefeiert wird, ich habe den ersten Weltkrieg mitgemacht. Wenn wir auf der Flucht weiterkommen wollen, dann nur mit Bestechung, und glaub mir, ein Döschen Kaviar, eine Flasche Sekt sind dann mehr wert als Geld oder Schmuck. Kannst du mir solche Sachen besorgen? Laß es dir durch den Kopf gehen.

Vater legte seine Hand um Franz' Nacken. Franz lehnte sich zurück und berührte mit der Hand Vaters Schenkel.

Ungefährlich ist das nicht.

Vater zog Franz an sich, umarmte ihn, drückte Franz auf das Sofa nieder und küßte ihn.

Meine Herren! rief Mutter. Es ist angerichtet!

Vater stand auf, faßte sich an den Schwanz, griff Franz an den Schwanz.

Deiner ist auch ganz steif.

So können wir nicht vor deiner Frau erscheinen.

Vater lachte.

Nee, da müssen wir vorher noch einen trinken.

Sie gingen ins Eßzimmer, setzten sich kichernd an den Tisch und entfalteten die Servietten.

Lotte! Die Suppe! rief Mutter, beugte sich zu mir, griff nach meinen Händen, die ich zwischen die Beine geklemmt hatte, und legte sie auf den Tisch. Ich steckte sie wieder weg. Franz und Vater lachten wieder.

Was habt ihr bloß?

Mutter war angesteckt und lachte mit, als sie wieder nach meinen Händen griff. Ich versteifte mich, den Kopf gesenkt. Mutter sah von Vater zu Franz, die wieder kicherten, und streichelte meinen Kopf.

Mach dir nichts draus, Erwachsene können manchmal sehr albern sein.

Ich hob den Kopf, sah zu Franz, der unter meinem Blick die Hände auf den Tisch legte.

Lotte hatte die Terrine auf den Tisch gestellt, Vater tat sich auf, dann den anderen.

Schweigend wurde die Suppe gelöffelt.

Iß.

Ich schüttelte den Kopf, schob den Löffel in der Suppe hin und her.

Wenn du nicht magst, dann laß sie stehn, aber spiel nicht damit rum.

Ich hörte auf, brach in Tränen aus, sprang auf und lief aus dem Zimmer.

Gustav!

Laß ihn, irgendwas ist ihm über die Leber gelaufen.

Franz schob den Teller beiseite, faltete die Serviette und legte sie daneben.

Hat es Ihnen nicht geschmeckt?

Doch.

Überzeugend klingt das nicht.

Darf ich mal nach Gustav sehn?

Meinetwegen, sagte Mutter, legte die Serviette auf den Tisch, sah auf die Teller, und als Franz das Zimmer verlassen und Lotte die Teller abgeräumt hatte, fragte sie:

Was geht hier vor?

Franz wird schon wissen, was er tut.

Ißt er nun mit oder nicht?

Ich hatte mein Bärenfell übergeworfen, den Daumen im Mund, und drehte mich um, als Franz ins Zimmer kam.

Geh weg.

Franz blieb in der Tür stehen.

Ich habe dich nicht verlassen.

Er ging vor mir in die Hocke. Ich neigte den Kopf zur Seite.

Doch.

Franz stand auf, setzte sich aufs Bett.

Das ist mein Bett.

Franz zog die Schuhe aus.

Geh weg, sagte ich, versuchte, ihn aus dem Bett zu stoßen. Franz drehte sich auf den Bauch. Ich schlug auf ihn ein.

Geh weg!

Franz tat, als ob er schliefe, schnarchte. Ich kletterte auf ihn und trommelte auf seinen Rücken. Franz drehte sich um, richtete sich auf, packte mich und hielt mich hoch.

Ich strampelte vergeblich. Franz setzte mich auf seinen Schoß. Ich griff nach meinem Bärenfell.

Bleibst du jetzt bei mir?

Bis ich wieder in den Krieg muß.

Warum muß Papa nicht in den Krieg?

Dein Vater ist zu alt dafür. Komm, wir gehen wieder essen.

Dann mußt du heute bei mir schlafen.

Franz lachte.

Wenn das deine Mutter hört.

Alles wieder gut? fragte Mutter, als wir Hand in Hand ins Zimmer kamen.

Onkel Franz soll heute bei mir schlafen.

Vater lachte, steckte Lotte damit an.

Ich weiß wirklich nicht, was ich dazu sagen soll.

Was ist denn schon dabei, gönn ihnen doch die Freude.

Dann eß ich auch alles auf.

Meinetwegen.

Ich aß sogar die Pflaumen, die ich sonst immer an den Tellerrand schob, und als Vater und Franz ins Auto stiegen, protestierte ich nicht, legte nur den Kopf zur Seite und winkte, als sie um die Ecke bogen.

Mama? Wenn ich keinen Teddy haben will und auch kein Auto und den Weihnachtsmann darum bitte, dann muß er Franz doch hierlassen.

Komm her.

Ich schüttelte den Kopf.

Das kann der Weihnachtsmann dir nicht erfüllen, darum muß Franz ihn bitten.

Ich stampfte mit den Füßen.

Ich will es!

So wirst du gar nichts erreichen.

Doch!

Ich schmiß mich auf den Boden.

Steh auf, was soll Franz von dir denken.

Ich trommelte mit den Fäusten. Mutter hockte sich zu mir.

Franz ist ein erwachsener Mann, du bist noch ein Kind, du kannst ihn nicht festhalten.

Ich brach in Tränen aus.

Ist immer Krieg? fragte ich dann.

Nicht immer.

Wenn nicht immer Krieg ist, fahre ich mit Franz ganz weit weg.

Woll hatte ich nicht gesehen, seitdem ich wieder in Hamburg war, Dieter und Holger hatten ihre eigenen Geschichten erlebt, ich mußte wieder Anschluß finden. Ich holte Schal, Handschuhe und Mütze aus der Kommode, ging zum Fischmarkt, stieg die Treppen im Haus Nr. 7 hoch. Klaus öffnete mir.

Bist du jetzt wieder Sänger?

Hallo, Hundeficker.

Ich folgte ihm in die Küche. Im Flur stand noch der Weihnachtsbaum und auf dem Tisch eine Dose mit Gebäck von der Mutter.

Ich weiß was für dich, sagte er, aber du mußt dich beeilen.

Ich war in Afrika, da gehen die Uhren anders.

In der HfbK tritt Woll auf.

Heute, das weiß ich.

Dann viel Spaß. Er griff zum Schlüsselbund auf dem Kühlschrank. Oder willst du mit?

In dem Aufzug?

Eitler Fatzke.

Er brachte mich auf eine Idee.

Hat Herta noch den Muff?

Er verstand nicht, ich suchte im Karton unter dem Garderobenständer in ihrem Zimmer, fand ihn und stellte mich im Flur vor den Spiegel. Der Muff aus Maulwurffell paßte zu meiner synthetischen Seehundjacke.

Jetzt fehlen nur noch die falschen Zähne, sagte Klaus.

Und passende Schuhe.

Mein Blick fiel auf ein Paar pinkfarbene Puschen.

Wem gehören die?

Die!? rief Klaus.

Ich hatte schon meine Schuhe ausgezogen und war in sie hineingeschlüpft. Ich fuhr mit Klaus zur HfbK.

Ich fiel auf, ich brauchte mich nicht vorzudrängeln, mir wurde Platz gemacht, und als Woll auf die Bühne kam, sah er mich sofort, fing an zu lachen, kniete nieder, streckte die Hand aus und zog mich hoch.

Das Gejohle wollte kein Ende nehmen, alle waren gespannt, was ich tun würde. Ich nahm ein Mikrofon, ging nahe an die Rampe, steckte meine Hände in den Muff.

*Gorleben*, begann ich zugunsten der Anti-AKW-Bewegung, *Paradies in deiner Abgeschiedenheit, Ruhe und Begreiflichkeit, jetzt kommt der große Würgemann von überall her, aus dem Wald, den Bach hinunter, und tötet in Haus und Hof das Leben.*

Ich wechselte das Standbein, reckte die Hände mit dem Muff in die Höh.

*Willst du kämpfen? Für wen? Für die Natur, das Naherholungsgebiet, für Kommunisten?*

Die ersten Buhrufe ertönten.

*Für Missionare in Grün, für unsere Kinder, das deutsche Volk?*

Man drohte mir mit Fäusten.

*Für dich? Fragezeichen?*

*Gorleben soll schwul leben!*

Aufhören! riefen meine Gegner. Weiter! riefen meine Fans.

*Und Schmorrippen soll es auch geben!* schrie ich.

Unten tobte der Nahkampf.

*Und venezianische Gondeln!*

Einer hatte es geschafft, auf die Bühne zu kommen, torkelte auf mich zu, wollte ans Mikrofon, im Publikum wurde es still.

Ich legte den Arm um ihn, sagte ganz intim: Wir treffen uns später, und hatte damit meinen größten Erfolg.

Danach trat ich ab, Woll sang auf Englisch, mehr kriegte ich nicht mit.

Es war schwül, die Schwalben flogen tief, der Himmel war grau, das färbte ab. Ich sah nur noch Verfall, und wenn ich anfing zu sprechen, sabberten die Worte aus dem Mund, und das Gesicht implodierte.

Die Toten vermehrten sich wie Karnickel, oder schossen sie wie Pilze aus dem Boden? Vielleicht waren sie auch nicht richtig tot, jedenfalls fuhr ich nicht mehr mit der U-Bahn, da lauerten die Mutanten, die der Ethikkommission entschlüpft waren.

Ich lebte in der Metzstraße in Bockenheim. Die goldene Zeit der Bewegung war vorbei. Als Woll in Berlin Häuser besetzen wollte, war ich mit Dieter nach Frankfurt gezogen.

Einmal hatte Woll mich besucht. Der Plan, morgens noch aufzuräumen und die Wohnung nett herzurichten, wurde in der Nacht davor vereitelt, als ich im Park die Brille verlor.

Ich fuhr zum Bahnhof, an Gleis 7 lief der Zug ein, stellte mich in die Mitte des Bahnsteigs, damit ich nicht übersehen werden konnte. Als fast alle Fahrgäste gegangen waren – ich dachte schon, er hätte den Zug verpaßt –, erkannte ich ihn an der Haltung.

Was ist mit deiner Brille?

Das ist eine Geschichte aus Fauna und Flora.

Er nahm mich am Arm, führte mich aus der Halle, die Rolltreppe hinunter, während ich erzählte:

Es war ein heißer Tag am Baggersee, vor mir lag ein Jugoslawe, der endlich seine Badehose ausgezogen hatte und langsam einen steifen Schwanz bekam. Ich wollte mehr, und nachts ging ich in den Park. Es gab ein Gewitter, ich drängte mich mit anderen um einen Baum, der aber keinen Schutz bieten konnte, weil es nur so schüttete, wurde naß bis auf die Haut und ging, unbefriedigt zwar, aber doch froh über das Eingreifen der Natur, nach Haus.

Und die Brille?

Ich war betrunken und bin gefallen.

Siehst du überhaupt was?

Das große Ganze und den Menschen als Gattung.

Ich bin Woll.

Ich erinnere mich.

Halt mal.

Wir waren die Rolltreppe zur Kaiserstraße hochgefahren, er drückte mir seine Tasche in die Hand.

Ich habe Hunger.

Ich blieb, wo ich stand, um nicht verlorenzugehen im Treck, wie damals während der Flucht im Dresdener Bahnhof, als Vater sich ums Weiterkommen kümmern mußte und Mutter mit dem Baby um Nahrung. Mir hatten sie eingeschärft, mich nicht von der Stelle zu rühren, am Kinderwagen stehenzubleiben und das Gepäck zu bewachen.

Hier bin ich! rief Woll.

Was machst du für ein Gesicht? fragte ich, als er näherkam.

Es schmeckt nicht.

Es schmeckt wie der alltägliche Mensch. Die Saturierten

auf der Spitze plagt das ökologische Gewissen, während die Basis auf Vernichtung hofft. Es wird alles im Desaster enden, nur ein paar Spielhallen werden übrigbleiben. Ab und zu wird eine Abordnung Gutwilliger in die Nachbarschaft wandern, um Zusammenhänge herzustellen, und wird dort erschossen werden. Weißt du, wieviel Bäume hier sterben, man muß viel davon abholzen, um wenig zu leiden.

Hör auf! Ist es noch weit? Mit dir muß man immer laufen.

Gut, setzen wir uns, reißen wir ein Zuckertütchen auf, lassen wir den Zucker in den Cappuccino rieseln, werfen wir das leere Tütchen in den Aschenbecher, nehmen wir den Löffel, verrühren wir den Zucker, lecken wir den Löffel ab, trinken wir, damit die Zeit vergeht.

Ist das die Kaiserstraße?

Dies ist die Kaiserstraße, und das sind Junkies.

Manchmal mache ich mir Sorgen um dich.

Warum?

Wegen Aids.

Das brauchst du nicht, wir sind bald da.

Ich zahlte, wir nahmen ein Taxi. An den Mülltonnen und den kaputten Briefkästen vorbei gingen wir die verbrauchte Treppe hoch, ich öffnete.

Woll ging vom Flur in die Küche, sah die überquellende Spüle, den restebeladenen Tisch, den schmutzigen Herd, die Zeitungen auf dem Boden, das vollgestopfte Regal, wo der Feudel neben der Butter lag.

Dieter hatte in seinem Zimmer die Wände mit Andenken gespickt. Bonbonpapier hing über einem Jugendfoto, darüber ein fotokopierter alter Personalausweis, mit Federn verziert, ein Gitarrenhals hing bei einem Buddhabild neben einem verwaschenen Wandbehang, überlappt von einem Drachenwrack.

Eine Puppe ohne Kopf trug Lametta und eine elektrische Kerze in den Händen, eine Maske sah auf einen Handschuh, der auf den Sperrmüll unter ihm zeigte.

Und hier wohnst du? fragte Woll. Das hätte ich nicht von dir gedacht.

Hier nicht, da, im Frankfurter Zimmer.

Er sah auf die Matratze im Raum, die verstreute Kleidung und das Bad links in der Nische neben dem Fenster.

Ist das hier so Sitte?

Ich nickte, und als er wieder abreiste, beschloß ich, mir eine eigene Wohnung zu suchen.

Ich hatte einen Halbtagsjob als Verkäufer in einem Laden in der Rendsburgerstraße in Bornheim. Ein Freund von Dieter, auch Taxifahrer, hatte aus den USA eine Idee mitgebracht und sie hier verwirklicht, da er einen billigen Raum angeboten bekam und in mir eine willige Arbeitskraft fand. Für mich war es immer schwerer geworden, einen Job zu finden. Er schaltete im *Pflasterstrand* eine Anzeige, und anfangs bekam man den Eindruck, Futon, das japanische Bett, sei der neue In-Treff.

Ich hatte eine billige Wohnung fast nebenan in der Mainkurstraße gefunden, Parterre im Hinterhof einer Spenglerei. Dusche und Klo im Flur gegenüber dem Eingang. Aber die Wohnung war hellhörig, und mit der Nachbarin über mir kam ich überhaupt nicht klar. Ich hörte ihre Schritte von der Küche zum Bad, dann ins Schlafzimmer hasten.

Vor drei Wochen hatte sie eine Totgeburt gehabt, in einer Nacht, als ich betrunken nach Hause gekommen war.

Mit zwei Lesben an meiner Seite, die sich unaufhörlich befummelten und fast schon demonstrativ ihre Mäuler aufrissen, um ihre Zungen zu verschlingen, wenn ich die Gabel zum Munde führte, hatte ich im Größenwahn gesessen.

Dem Pärchen auf der anderen Seite war das Schauspiel peinlich gewesen, sie hatten sich abgewandt, ihren Kopf immer tiefer zum Tisch geneigt, um dann ihr Haar auf mein Essen zu schütteln, so, wie ich es von Ingrid von früher her kannte.

Dummfotze, hatte ich gesagt, und damit die Stimmung getrübt. Ich hatte nach der zweiten Flasche Wein auch noch eine dritte getrunken.

Das Taxi hatte mich vor der Tür abgesetzt, ich hatte zielsicher das Schlüsselloch gefunden, war gleich eingeschlafen, dann vom Poltern über mir aufgeschreckt worden.

Wütend war ich nach oben gerannt, hatte geklingelt, gegen ihre Tür getreten, ein Wimmern gehört, einen Fall, und mich wieder schlafen gelegt.

Die Wehen hatten zu früh eingesetzt, wie ich später erfuhr, und sie war mit Blaulicht ins Krankenhaus gefahren worden.

Seitdem war sie etwas wunderlich, und die Nachbarn, die anfangs ganz auf ihrer Seite gestanden und den Hauswirt gedrängt hatten, mir zu kündigen, sahen mir jetzt manche meiner Wutanfälle über sie nach.

Duhduhduh! hörte ich sie im Flur.

Ich öffnete die Wohnungstür einen Spalt und sah, wie sie mit stöckelndem Schritt, einen Stoffbären im Arm, ins Souterrain ging, wo neben dem Ausgang zum Hinterhof ein Kinderwagen stand.

Sie nahm die Plastikhaube ab, bettete den Bären in die Kissen, zog den Wagen die Stufen zum Flur hoch, öffnete die Haustür – der Geselle von der Spenglerei sprang hinzu, um ihr zu helfen –, und ich sah durchs Fenster, wie sie den Sonnenschirm so drehte, daß dem Kleinen nicht der Pelz verbrannt wurde. Ich fragte mich, wer wohl der Vater des Bären sei, setzte mich vor die Glotze und trank Tee.

Als das Telefon klingelte, nahm ich ab, hörte Straßengeräusche und Atmen. Ich legte auf.

Die Fotze wollte mich also foppen. Ich lauschte, ob jemand im Treppenhaus war, schlich nach oben, hatte schon den Schwanz aus der Hose, um gegen ihre Tür zu pissen, als die Haustür klappte.

Schnell lief ich nach unten in den Hinterhof und befummelte die Wäsche, die ich am Morgen aufgehängt hatte. Sie war zurückgekommen, schob den Kinderwagen durch den Flur, stellte ihn ab, ging die Treppe hoch und schloß die Wohnung auf.

Ich spuckte in den Kinderwagen, ging in meine Wohnung und wartete. Ich hörte sie die Treppe runterkommen, um die Plane über den Kinderwagen zu ziehn. Ich hockte mich vor den Receiver, und beim ersten Schritt, nachdem sie die Wohnung wieder geöffnet hatte, drehte ich die Anlage auf.

Sie stampfte die Treppe herunter, klingelte, ich öffnete.

Können Sie die Musik vielleicht leiser stellen?

Das bißchen Musik macht so viel Lärm, äffte ich sie nach, denn sie hatte einmal auf meine Bitte, doch in der Wohnung ihre Stöckelschuhe auszuziehen, geantwortet: Die kleinen Schuhe machen so viel Lärm.

Dann werde ich mich beim Hausmeister beschweren.

Sie stolperte aus dem Haus. Ich lief ins Schlafzimmer und sah durch die Jalousie, wie sie sich in der Toreinfahrt, zwischen den Lieferwagen der Spenglerei, umdrehte, zu meinem Fenster sah – ich trat unwillkürlich zurück – und mit den Händen den Bauch umfaßte, als wäre sie wieder schwanger.

Ich hatte einen Geliebten. Stephan wohnte in Oberursel in einer Eigentumswohnung, die seine Mutter ihm gekauft hatte. Er arbeitete als Schreiner bei seinem Schwager, der Drechsler war, im Kollektiv. Dort, vor der Werkstatt, unter dem Rohr der neu installierten Absauganlage, hatte ich ihn kennengelernt. Dieter hatte mich mitgenommen, nachdem er den Sperrmüll aus der Wohnung auf einen Kleinlaster geladen und zur Mülldeponie gefahren hatte. Er wollte sich Bretter zurechtsägen lassen für ein Bett und ein Regal, und wir waren in seinem Taxi nach Höchst gefahren. Von der Autobahn aus gesehen, machte Frankfurt wieder den besten Eindruck auf mich. So, aus der Ferne, schien es tatsächlich eine Metropole zu sein.

Bald darauf fuhr ich allein noch einmal hin, nachdem mich eine Tulpenblüte zum Entwurf eines Tisches inspiriert hatte, den ich mir von Stephan bauen lassen wollte, in

Form und Farbe eines Tulpenblattes und mit einem nachgebildeten Blütenstempel als Bein.

In der Werkstatt waren sie gerade dabei, Eschenbohlen abzukanten. Der Schwager schob sie in die Maschine, und Stephan nahm sie auf der anderen Seite in Empfang. Er blickte nicht auf, gehört haben konnte er mich nicht bei dem Lärm, und gespürt hat er mich auch nicht.

Der unfertige Bohlenstapel an der Fensterfront mahnte mich zur Geduld, ich ging wieder in den Hof und setzte mich auf einen der Baumstämme, die herumlagen.

Was ist das? fragte Stephan, als er zu mir herauskam, ich eine Blüte aus meinem Notizbüchlein nahm und ihm hinhielt.

Ein Tulpenblütenblatt.

Und was soll ich damit?

Mir einen Tisch machen.

Als ich das nächste Mal kam, stand er im Hof mit einem Baumstamm in den Armen. Ich sah seine fleischigen Hände, das fleischige Kinn, den saftigen Nacken, den vollen Mund, die geschwungene Nase, die Kinderbacken, die breite Stirn, die sanften Augen, die lockige Mähne, und dann sprang ich auf ihn zu.

Hah, machte ich, jetzt kannst du mir nicht entkommen.

Er versuchte zu fliehen, und während ich ihn umarmte und küßte, umklammerte er den Stamm und protestierte aus voller Lust.

Ich besuchte ihn von nun an öfter, und als er wieder mal einen Eschenbalken in die Fräse schob, sagte ich:

Das ist doch kein Leben, das wir führen!

Stephan stellte die Maschine ab.

Was willst du?

Ich muß raus hier!

Stephan holte einen neuen Balken.

Warte! Manchmal frage ich mich, ob ich noch vorhanden bin, und wenn ja, wo, beziehungsweise wie? Ob meine Bedürfnisse mehr sind als eine Antwort auf die Sirenen der Reizwäsche. Bin ich ohne Kabelanschluß überhaupt noch denkbar, oder bin ich schon eine Funktion der Schaltprogramme?

Bist du gekommen, um mir das zu sagen?

Reicht das nicht? Du verlangst zuviel! Dagegen wird die DDR ja billig.

Stephan stellte die Maschine an.

Mein Herz hängt am seidenen Faden! Und wenn das Pendel nicht mehr schlägt, singst du dann zum Gedenken ein Liebeslied für mich?

Ich muß arbeiten.

Arbeiten kann jeder, und dann? Dann stapelst du hinter der Absauganlage die Holzbriketts als letzte Identitätsobjekte!

Stephan stellte die Maschine wieder aus.

Laß uns verschwinden. Kommst du mit? fragte ich, wenn der Rückflug garantiert ist und der Orgasmus über den Wolken ein Geheimnis zwischen uns bleibt?

Ich habe eine Freundin.

Ach, ja. Ist die blöde Kuh etwa schwanger?

Stephan stellte die Maschine wieder an.

Entschuldige! Ich möchte doch nur, daß wir zusammen reden!

Muß das hier sein?

Anderswo verweigerst du dich!

Stephan stellte die Maschine ab.

Ich habe wenig Zeit, begreif das endlich.

Das läßt du dir einreden. Du hast einfach keinen Mut, denn ein Frühlingsspaziergang wird es nicht werden mit uns, und wenn jetzt schon manche Blumen ihre Köpfe in die Luft recken, dann tun sie das ungeachtet der eisigen Unkenrufe, und den Mut hast du nicht.

Ich bin keine Blume.

Du bist längst gepflückt und verdorrst im Poesiealbum deiner Freundin.

Ich bin nicht schwul.

Soll ich darauf Rücksicht nehmen? Das wirst du noch sagen, wenn Frankfurts Hochhäuser in Flammen stehen, die Tscherkessen um das Feuer tanzen und du mit verschränkten Armen am Rand stehst. Meine Aufforderung zum Tanz lehnst du ab, aus Angst vor der Meinung der Nachbarn. Du steigst auf dein Motorrad, fährst nach Oberursel, parkst gegenüber der Wohnanlage, deckst es ordentlich mit der Plastikhaube ab und verfolgst vor dem Fernseher die weiteren Ereignisse.

Stephan stellte die Fräse wieder an.

Wenn dann am Lagerfeuer ein Lied erklingt, werde ich den ersten besten ergreifen, der seine Hose runterläßt, und am Morgen Blumen auf dein Grab streuen!

Stephan lachte.

Lach nur! Deine Tränen werden im Sägemehl versikkern, und keiner wird dich trösten! Komm doch mit!

Stephan stellte die Fräse ab.

Und wohin?

In den Osten. Erst in die DDR, dann weiter nach Polen. In Schlesien habe ich noch ein Haus, und dort im Keller, im Fundament, hat mein Opa kurz vor der Flucht sein ganzes Vermögen eingemauert. Er hatte sein Geld in Schmuck angelegt, glaubte, gleich nach dem Krieg wieder zurückkehren zu können.

Und davon sollen wir dann leben?

Du als Schreiner findest überall Arbeit.

Und du, du kannst doch nichts, außer reden.

Ich habe nichts zu verlieren.

So viel Fantasie ist auch eine Last.

Nur, wenn man sie nicht auslebt, und das kannst du dir eben nicht vorstellen.

Das weißt du doch seit Anfang an.

Manchmal sorge ich mich um die Zukunft.

Du möchtest doch nur als erster dortsein!

Um früh genug meine Duftmarken zu hinterlassen, an denen ich mein Revier erkenne, und die müssen jeden Tag erneuert werden, je nachdem, wie man am Morgen gelaunt ist. Das füllt natürlich nicht den ganzen Tag aus, schafft aber Unterscheidungsmerkmale, sonst könnte man nämlich nicht mehr unter Leute, wegen der Verwechslungsgefahr.

Du brauchst keine Angst zu haben, unter Leuten bist du nicht mehr, du hast längst abgehoben.

Ich weiß, es wird höheren Orts entschieden, ob ich wiedergeboren oder gemeinsam mit anderen für den nächsten Urknall verwendet werde. Doch wenn ich überlebe, am Bildschirm sitze und frage: Wer ist die Schönste im ganzen

Land? und geantwortet wird: Frau Königin, ihr seid die Schönste hier, und Fräulein Schäffer in Oberursel ist viel häßlicher als ihr, dann werde ich auch nicht befriedigt sein.

Als der Jasmin blühte, die Linden und der Trompetenbaum, dann Schneeregen fiel, schwor ich mir, den Frühling im Süden zu verbringen. Als dann der Main über die Ufer trat und ich hoffte, das Wasser möge steigen, wurde nicht mal der Römer überschwemmt.

Wenn die Völkerwanderung begann und halb Europa unter Wasser stand, dann würde ich hinten auf seinem Motorrad sitzen, ihn umarmen und sagen:

Jetzt, da sich der Wohlstand als Gerücht erwiesen hat, das Rentenwesen ohne Sinn ist, jetzt, wo vielleicht neue Werte keimen oder der Krieg jeder gegen jeden mit dem Hackebeil beginnt, jetzt fahren wir erst mal nach Ottobeuren, um die schönste aller Barockbasiliken zu sehen, denn jeder Schritt dort weitet die Brust und öffnet das Herz, damit sich die gebenedeite unter den Sehnsüchten, die Liebe, endlich erfüllt. Einmal noch soll sie wahr werden, sich in dieser Überfülle entfalten können.

Wir beben, die Tränen kommen, wir danken den Schöpfern. Den Geist, der sie beflügelte, empfangen wir auch.

Komm, die Botschaft will unter Leute.

Abends, im Schankraum, würde ich mir Wein bestellen, Fleisch, und den Kellner mit Beutelust betrachten. Die stämmige Dorfjugend, in Stammessprache grunzend, würde sich um den Nachbartisch drängeln, und mein Leib würde vor Lust nach ihnen schwellen.

Grüß Gott! würde ich am Morgen dem Jungbauern zurufen, der wie angewurzelt am Straßenrand verharren würde, Stephan zwischen die Beine greifen und seinen Bauch umfassen.

Vielleicht würden wir Glück haben und noch vor dem Ural auf menschenfreie Zonen treffen. Zur Not, um nachzuhelfen, hatte ich etwas Gift in die Seitentaschen getan. Stephan hielt es für die Notration.

Er würde im Taschenlampenschein einen Brief an seine Braut schreiben, ihn einwerfen, und ich, unter dem Vorwand, frische Luft zu schöpfen, würde den Briefkasten aufbrechen, lesen:

Liebes, hier sind die Menschen alle fort. Hier gehören wir uns ganz allein. Folge dem Michelin-Profil A49 der Motorradreifen. Bis bald, Stephan.

Als wir uns näher kannten, trafen wir uns zum Essen im *Orfeo*, und ich sagte:

Alles könnten wir haben, Zärtlichkeit, Geborgenheit, Lust. Wir sollten Urlaub zusammen machen, vielleicht klappt es dann.

Stephan nahm eine Zigarette und klopfte sie auf der Filterseite.

Du brauchst einen Mai, einen Juli, einen September, sagte ich, aber jeweils ohne Frau, doch anstatt das zu begreifen, versteifst du dich lieber auf den Glauben an eine Zaubermaus, die von Grabkammer zu Grabkammer huschen darf in deinem einsamen Herzen, während du auf Treue sinnst. Wie richtig, daß dich deine erste Braut noch vor der ersten Nacht betrogen hat, wohl ahnend, daß du sie wie ein Monument begatten würdest.

Wann akzeptierst du endlich deine Gefühle für mich? Du könntest aufatmen, und wir könnten unser Fleisch verzehren.

Stephan hatte gar nicht zugehört, ihm gegenüber, mir im Rücken, sah er eine Frau ihm zulächeln.

Hier Störungsannahme, bitte warten sie, legen sie nicht auf.

Er nahm noch eine Zigarette und klopfte sie.

Willst du sie ficken? fragte ich.

Davon verstehst du doch nichts, sagte er, gähnte weltmännisch, und als ich ihn mahnen wollte, jetzt endlich mir seine Gunst zu schenken, gurrte es hinter meinem Rücken, und ein Perlhuhn warf sein Gefieder ab.

Stephan wollte schon seine Finger lecken, sah auf seine verbeizten Hände, sagte dann:

Das Lackieren muß mal ein anderer machen.

Ihr habt doch jetzt ein Suppenhuhn in der Werkstatt, sagte ich.

Die hat keine Ahnung, bemerkte er.

Das Sägemehl war also unbefleckt geblieben, konstatierte ich mit Befriedigung.

Und, wann fahren wir?

Mal sehen.

Auch diese Möglichkeit wollte er für die Zaubermaus reservieren am Zauberhorizont, wo er, den Motorradhelm geöffnet, sie fixieren würde. Sie, das brünette Haar zurückstreifend, ginge ihren Weg zwischen den Granatapfelbäumen.

Brumm, brumm, würde er auf seinem Motorrad machen.

Sie würde die Hand nach oben strecken, eine Frucht pflücken, er würde den Helm vom Haupt nehmen, sich vom Motorad lösen und fragen:

Hast du schon mal auf einer BMW gesessen?

Sicher, würde sie sagen, aber ich habe mir gerade eine Honda gekauft.

Ich sah ihn wieder eine Zigarette klopfen.

Dann stand Woll vor der Tür. Ich wollte mir gerade eine Pizza holen. Er lächelte, wie er immer gelächelt hatte, ich griff nach ihm, er legte die Arme um meinen Hals wie gewohnt, und doch:

Hast du was? fragte ich.

Hunger.

Ich zog ihn zum Bett.

Ich auch.

Liebst du mich denn noch?

Natürlich.

Dann geh ich einkaufen.

Was?

Wir müssen doch was essen.

Ich richtete mich auf.

Soll ich nicht mitkommen?

Du gibst mir Geld, das reicht.

Zum Kochen habe ich keine Lust.

Dann hol ich uns eine Pizza.

Ich lachte. Ich zog den letzten Hunderter aus meiner Hosentasche.

Hast du kein Gepäck? fiel mir plötzlich auf.

Das ist noch am Bahnhof. Bis gleich, Schatz.

Schatz? Wie kommst du denn darauf?

Du bist doch mein Schatz.

Ich schüttelte den Kopf, aber er sah mich nicht mehr, er war schon aus der Tür.

Wir hatten uns seit über einem Jahr nicht gesehen. Ich wollte ihn besuchen, schickte aber nur Karten, aus Würzburg oder Bamberg, aus Franken oder aus der Pfalz, denn seitdem ich in Frankfurt lebte, lernte ich den Süden Deutschlands kennen, und meine letzte Fahrt hatte mich durch die Schwäbische Alb geführt.

Ich deckte den Tisch, aus der halben Gurke und den beiden Tomaten machte ich Salat und wartete. Er hätte längst wieder zurück sein müssen, aber vielleicht hatte er die Pizzeria an der Ecke nicht gesehen und war bis zur Bergerstraße gegangen.

Ich wurde ungeduldig, entschloß mich dann, ihm nachzugehen. Ich ging die Bergerstraße runter bis zur Höhenstraße, sah in jeden Imbiß, ging wieder zurück, setzte mich, hielt die Hände auf dem Tisch, denn nicht nur meine Gedanken rasten, mein Herz pochte wild, und das Bild vom bleichen Täter tauchte auf, der sich auf seinen Mercedes stützte, während das Opfer verblutete. – Geld hatte ich auch nicht mehr.

Weg konnte ich nicht, denn Woll hätte jeden Augenblick kommen können und bestimmt meine Hilfe gebraucht.

Ich legte mich aufs Bett und schlief vor Erschöpfung ein.

Am nächsten Morgen klingelte es, er stand wieder vor der Tür.

Wo warst du? fragte ich empört.

Ich war meine Sachen holen.
Ich sah auf den Flur.
Und wo sind sie?
Es gibt da ein Problem.
Was für ein Problem?
Ich habe einen alten Bekannten getroffen.
Wo liegt das Problem?
Ich schuldete ihm noch Geld.
Du hast ihm mein Geld gegeben?
Traust du mir nicht mehr?
Ich will wissen, was los ist.
Später, Schatz ...
Hör auf, mich Schatz zu nennen!
Ich möchte etwas schlafen, hast du was dagegen?

Ich duschte, ich ging zur Bank, ich holte Brötchen. Woll schlief. Ich sah aus dem Küchenfenster nach der Vogelleiche auf dem Steinweg im Garten.

Zwei Vögel waren aus dem Nest gefallen, der eine war gleich tot gewesen, der andere hatte sich eng an den Topf mit der Fuchsie meiner Nachbarin am Treppeneingang zum Keller geschmiegt, sich geputzt und gepiepst.

Der tote Vogel hatte vier Tage in seiner Gestalt überdauert, durch den heftigen Regenguß vorhin war er zerfallen, und jetzt, wo die Sonne wieder schien, krochen aus der Masse Maden hervor und suchten das Weite. Ameisen fielen über sie her, sie wurden unter Zuckungen zerlegt und in Teilen abtransportiert.

Am Abend, als ich von der Arbeit kam, schlief Woll immer noch.

Was ist heute für ein Tag? fragte er, als er aufgewacht war.

Morgen ist Samstag, und ich muß früh arbeiten.

Wie schön, dann kann ich ausschlafen.

Hast du noch was vor?

Ich muß doch noch meine Sachen holen.

Schon wieder?

Bist du mißtrauisch geworden?

Ich suchte den Zweitschlüssel, legte ihn auf den Küchentisch, und als er ging, vertiefte ich mich in das Fernsehprogramm.

Am Samstag, ich hatte noch während der Arbeit einkaufen können, fand ich Woll im Unterhemd vor dem Wäschebord kniend.

Was suchst du?

Er nahm ein Hemd, zog es über, öffnete seine Hose, steckte das Hemd sorgfältig um sich, schloß den Gürtel, fuhr noch mal mit den Daumen rundum und versuchte dann, vor dem Spiegel den Auschnitt durch Händedruck auf V-Größe zu fixieren.

Hm, sagte er, als das Hemd sich immer wieder schloß, das stört mich.

Das wird bei jedem Hemd so sein.

Er ging zum Bord und nahm ein neues Hemd.

Nein, nicht noch eins!

Du siehst doch, dieses Hemd kann ich nicht tragen.

Ich hob das abgelegte Hemd auf.

Willst du jetzt alle meine Hemden durchprobieren?

Was soll ich machen, wenn es nicht sitzt.

Dann hol endlich deine Sachen vom Bahnhof, oder wo immer du sie hast.

Woll schmiß das Hemd auf das Bett.

Ich ging in die Küche, packte die Tüte aus, wischte den Tisch ab, holte das Hemd, faltete es, legte es zurück ins Bord und setzte mich dann neben ihn.

Ich koche jetzt, ißt du mit?

Was gibt es?

Kartoffeln und grüne Soße.

Ist das alles?

Ich ging wieder in die Küche und setzte Kartoffeln auf.

Die Seite ist viel länger, hörte ich ihn.

Was ist?

Siehst du das nicht?

Ich ging wieder nach nebenan und sah Woll vor dem Spiegel den Kopf hin und her wenden, mit den Fingern das Haar hinter dem linken und wieder hinter dem rechtem Ohr lüften.

Auf dieser Seite ist es viel länger.

Ich sehe das nicht.

Hier! Ganz ungleich, die machen das immer falsch, das kenn ich schon.

Ja, dann.

Ich muß zum Friseur.

Das ist doch sinnlos.

Woll streifte mechanisch noch zweimal durchs Haar.

Bestimmst du das?

Nein.

Dann kommandier mich nicht.

Woll nahm die Fernbedienung, setzte sich und stellte den Fernseher an. Als das Essen fertig war und ich ihn rief, sagte er:

Ich bin schon von deinen Worten satt.

Ich deckte den Tisch für uns beide, und als ich mir Wasser einschenkte, kam er.

Willst du auch was?

Nur Kartoffeln?

Woll setzte sich, ich tat ihm auf.

Etwas grüne Soße?

Das reicht.

Wir aßen schweigend.

Die Augen tun mir weh, kannst du mir Tropfen besorgen?

Dann solltest du nicht fernsehen.

Ich laß dich wissen, wenn ich es nicht mehr will.

Ich mußte lachen, rückte an seine Seite und legte den Arm um ihn. Woll rührte sich nicht.

Was willst du damit erreichen? fragte er dann.

Ich zog den Arm weg, stand auf, räumte den Tisch ab. Woll setzte sich wieder vor den Fernseher. Ich legte mich aufs Bett.

Kannst du etwas leiser stellen? Ich muß einen Augenblick entspannen.

Woll stellte den Fernseher aus. Ich drehte mich zu ihm um. Woll sah mich nicht.

So kann ich mich nicht entspannen, sagte ich und richtete mich auf.

Der Fernseher ist aus, das wolltest du doch.

Eigentlich möchte ich, daß du zu mir kommst.

Das ist ja interessant.

Ich breitete die Arme aus. Woll erhob sich und ging vor mir auf und ab. Ich ließ die Arme sinken. Woll kniete nieder.

Und einen Kuß willst du sicher auch.

Er beugte sich über mich und ließ sich langsam sinken.

Bist du jetzt zufrieden?

Ich griff nach seinem Kopf.

Das entscheidet der Kuß.

Er küßte mich, und ich schlief in seinen Armen ein. Als ich aufwachte, lief der Fernseher. Woll gönnte mir einen Seitenblick.

Du hast lange geschlafen.

Ja? Es ist doch noch nicht dunkel.

Ich stand auf, ging pissen, sah dabei auf die Uhr, legte mich wieder zu ihm. Woll drehte sich um.

Dann haben wir heute mehr Zeit.

Wieso?

Weil du viel später müde wirst.

Ich mußte lachen.

Ich habe eine knappe Stunde geschlafen, mehr nicht.

Du irrst dich.

Ich wollte widersprechen, ging dann aber in die Küche und begann aufzuräumen.

Könntest du den Müll raustragen!

Ich?

Woll konnte es nicht fassen.

Oder willst du abwaschen?

Ich weiß nicht.

Du willst nicht.

Ich kenn mich nicht aus.

Ich mach nicht mehr alles.

So viel ist das doch nicht.

Ich lachte.

Du bist wohl Fachmann.

Woll legte sich wieder hin, ich begann mit dem Abwasch.

So still? rief ich.

So still wie nötig.

Woll kam herein, die Hände auf dem Rücken.

Ich mach mich jetzt fertig.

Fertig?

Fertig. Immer wiederholst du das letzte Wort, wenn du nicht zugehört hast.

Entschuldige, ich dachte, du bleibst.

Ich gehe.

Wohin?

Woll beugte den Kopf nach hinten und öffnete seine Lippen.

Spiel jetzt nicht den Clown, sagte ich.

Der bin ich doch.

Ich ging zu ihm, griff nach seinen Händen, küßte ihn.

Ich brauche noch Geld.

Auf der Konstablerwache kreuzten sich die Fäden des Feierabendverkehrs und bildeten das Netz, aus dem heraus Dealer operierten, den Stoff versteckt in Steinspalten und anderen Depots. Stehend, auf den Stufen hockend oder gebückt auf einer der Baumbänke sitzend schoben sie Junk food in sich hinein.

Ich hatte mich zur Konstablerwache treiben lassen, wo ein Fanatiker das Jüngste Gericht heraufbeschwor, die Fassungslosen um sich scharte, während die Spötter ihm ein: Heil Hitler! zuwarfen.

Ich ging wieder zurück, nahm dem Saxophonspieler, der pausenlos im Playback blies, eine Mark aus dem Kasten, rief ihm zu:

Für den Umweltschutz! und erntete nicht nur Gelächter, sondern auch die Empörung derer, die daheim selbst auf dem Synthesizer spielten.

Ich ging zum Opernplatz, weiter in die Grünanlagen, die die Junkies für sich reserviert hatten. Als ich die beiden auf der Bank sah, der eine, den Kopf über der Lehne hängend, die Hand am Schwanz, die Beine seitlich gewinkelt, der andere mit dem Feuerzeug unter dem Löffel, war der Schreck wieder da, und ich sah Woll an der Nadel.

Ich ging weiter durch den Pulk der Süchtigen, ich öffnete den Mund, um etwas zu sagen, als mich ein Arm streifte, schwieg, als ich die lauernden Blicke sah, und tat den nächsten Schritt im Fadenkreuz.

Nachts träumte ich, eine wilde Zeit stünde bevor, der Mann würde die Frau töten, die Frau die Kinder, die Kinder würden die Erde in Flammen setzen. Woll war mir vom Tod ausgeliehen und schlief noch, die Spritze neben sich. Ich hatte mir in der Küche Tee gebrüht, als eine Meise zum Fenster flog, sich auf den Sims setzte und an die Scheibe klopfte.

Die sind doch längst ausgestorben, sagte ich.

Manchmal bist du etwas kindisch, sagte Woll, als er aufwachte, du siehst einen Vogel und behauptest, er ist tot.

Die Meise klopfte an die Scheibe vom Schlafzimmer. Behutsam öffnete ich das Fenster, aber sie flog davon.

Ich wollte zu Stephan, wußte aber nicht, wie, denn die öffentlichen Verkehrsmittel waren längst verrottet. Ich hatte mir auf der Karte den kürzesten Weg ausgesucht und, sofern ich mich überhaupt zurechtfinden sollte, auf der Strecke eine Übernachtung in Niederursel eingeplant.

Eine Tüte Trockenobst, die ich aufgespart hatte, um mir noch einmal Schlesisch Himmelreich kochen zu können, steckte ich als Proviant in meine Jackentasche.

Ich verließ die Wohnung Richtung Ginheim und kam bis nach Niederursel. Die beiden Häuser am Hang mit den Magnolienbäumen hatte ich früher von der S-Bahn aus gesehen. Eins der Häuser betrat ich, suchte das Schlafzimmer, prüfte die Matratze und fand im Schrank eine Decke. Als ich die Jalousie herunterlassen wollte, fiel sie aus der Halterung. Das Poltern weckte ungute Geister, die ich im Treppenhaus bannen konnte.

Ich setzte mich aufs Bett, hüllte mich in die Decke ein und starrte in die Nacht, wo Woll war, die Arme gewinkelt, den Kopf auf seine Hände gelegt, und ich zeichnete die Linien auf seinem Körper nach, um seinen Atem aus jeder Pore zu spüren.

So schnell wie möglich wollte ich in Oberursel sein, denn Stephan war bei dem Versuch, mit seinem Motorrad eine Serpentinenfahrt zu machen, umgekippt, hatte sich den linken Fußknöchel gebrochen und notdürftig mit zwei abgekanteten Dachlatten das Bein ruhiggestellt.

Statt Rabatten umringte abgefallener Putz jetzt den Eingang der Wohnanlage. Der Verfall war dem Treppenhaus gut bekommen, es zeigte Charakter.

Nach dem dritten Stock stürmte die Freude voraus und überließ mich auf den Stufen zitternd der Angst, Stephan könnte nicht da sein.

Stephan! rief ich vor der Wohnungstür, dann klopfte ich.
Stephan?
Die Tür ging auf.
Stephan?
Er mußte da sein. Ich ging von der Küche durchs Wohnzimmer zum Schlafzimmer, ins Bad, sogar in die Besenkammer, trat auf den Balkon, Stephan war nirgends zu sehen.
Ich setzte mich aufs Sofa, zwang mich zur Ruhe, obwohl das Herz vor Panik raste, und als ich Schritte hörte, bettete ich meinen linken Fuß auf Kissen und Stuhl. Im Türrahmen stehend sagte Stephan:
Du lebst noch? Was ist mit deinem Fuß?
Ich glaube, ich habe mir den Knöchel gebrochen, antwortete ich.

Als ich aufwachte und mich reckte und Woll mich an sich drückte, mit der einen Hand meinen Nacken, mit der anderen den Schenkel ergriff, als die Sonne über den Dächern stand und der Schlachtenlärm unüberhörbar war, fuhr ich durch sein Haar, um dann unter der Dusche dem Frühlingserwachen adieu zu sagen. Ich nahm den Giftköcher vom Garderobenhaken und ging, um meine Pfeile auf die Kunden abzuschießen.
Stephan war, weil er was erleben wollte, am Rosenmontag nach Mainz gefahren, dort war er auf der Stelle getreten, hatte sich nach dem Tanzvergnügen den Wecker gestellt, um nicht zu spät ein letztes: Helau! zu rufen.
Er hatte tatsächlich einen Motorradunfall gehabt, lag jetzt – ein Bein in Gips – in seiner Wohnung, und ich würde ihn am Abend besuchen.

Im Waggon 342 A, 52 Sitzplätze, 124 Stehplätze, fuhr ich nach Oberursel, die Tüte mit der Lachsforelle, Mangold, Kräutern, Reis und Wein stand an meiner Seite.

Hier wird nicht gesungen, sagte Stephan, als ich in die Küche ging, um das Essen vorzubereiten, beugte sich tiefer über die Zeichnung für ein neues Bett und strahlte Unberührbarkeit aus.

Am Telefon hatte ich ihm zugerufen:

Die Paulownia blüht, und du solltest dein Fleisch zeigen, solange es jung ist!

Nun sagte ich:

Ich verschleuder meine Geduld nicht mehr, jetzt wird investiert, deine Seele soll Gewinn abwerfen und keine Moral, und wenn du weiter wie bisher aus dem Bad kommst, dir das Hemd zuknöpfst, die Boots anziehst, in der Küche den Boiler einstöpselst, die Teekanne ausspülst, einen Teebeutel hineinhängst, einen Blick auf die Kontoauszüge auf der Fensterbank wirfst und wenig später in der Werkstatt stehst, um die Lieferzeiten einhalten zu können, dann hat es keinen Sinn, dir zu sagen: Ich liebe dich.

Stephan humpelte ins Bad.

Kannst du mir helfen!

Er hatte sich Wasser einlaufen lassen und versuchte, in die Wanne zu steigen.

Moment, sagte ich, zog mich aus und stieg in die Wanne.

Komm, sagte ich zu Stephan, der zögerte näherzukommen, hielt ihn unter den Armen, während er, ein Bein im Wasser, das vergipste über den Wannenrand legte. Ich stützte ihn, setzte mich und ließ ihn langsam auf meinen Schoß gleiten.

Spürst du was?
Du wirst mich doch jetzt nicht ficken.
Du bist in meiner Gewalt.
Wir werden ertrinken.
Erst nach dem Orgasmus.

Ich erzählte ihm, wie ich am Tag, als Vater gestorben war, zur Hunte ging. Mutter hatte mir von den Rheintöchtern erzählt. Den Gesang hörte ich nicht, aber vom Wasser her spürte ich ihre Hände. Ich öffnete meine Hose, denn das war es doch, was sie wollten, als nahendes Rauschen das Brausen in mir verstärkte und ich auf dem Steg den Geist des Erzengels empfing.

Als dann die britischen Besatzer ein Manöver veranstalteten, schlich ich abends an den Fluß, angelockt vom Geschrei der badenden Soldaten.

Einer, der mich hinter dem Erlenbusch entdeckt hatte, rief mir etwas zu, und ich begriff das als Aufforderung.

Während die Kameraden sich anzogen und ins Lager gingen, kam der Soldat mir flußaufwärts entgegen. Wir trafen uns auf der Sandbank, die dem Ufer vorgelagert war.

Wieder lachte der Soldat, und ich wurde vor Verlegenheit rot, als er meine Hand ergriff und an seinen Schwanz führte.

Er zog mich an sich und tätschelte meinen Arsch.

*You like it? Tomorrow, same place, same time and don't forget to bring some eggs and ham and sausage.*

Er hob mich hoch, ließ mich auf seinem Schwanz reiten, und als er mich küßte, weinte ich vor Glück.

Von nichts war ich zu bändigen, weder vom Wasser noch von der Luft, die mich nach Hause trug, schon gar nicht von der Nacht, die mir unsere Begegnung immer wieder vor Augen führte.

Zu Vaters Grab bin ich nach der Beerdigung nie mehr gegangen, und als der Soldat schied und ich nicht wußte, wohin mit meinem Schmerz, ich mich so jung schon gestorben wähnte, ahnte ich, daß ich in dieser Welt nicht mehr heimisch war.

Ich war geflohen, als Mitfahrer über die Sauerlandautobahn, über Dortmund und Münster ins Oldenburgische, hatte mich an der Raststätte Wildeshausen absetzen lassen und war mit dem Taxi über den Heideweg durch das Dorf gefahren zum Haus meiner Mutter im Wald.

Woll hatte mir erst Geld gestohlen, dann die Stereoanlage, und als er in Preungesheim in Untersuchungshaft saß, weil man ihn mit Heroin erwischt hatte, verlangte er von mir einen Anwalt. Ich fuhr nach Dötlingen zu meiner Mutter. Allerdings hatte ich ihr nichts von alledem erzählt. Sie lebte seit ihrem Schlaganfall sehr allein, dreimal am Tag kam die Pflegerin von der Sozialstation, und mich begrüßte sie als den verlorenen Sohn.

Draußen vor dem Fenster war die Amsel zum Nest ihrer Jungen in der Eibe geflogen. Ich piepste wie die Amsel, stand auf, reckte mich, suchte nach Teefiltern, fand keine, nahm eine Milchkanne, füllte die hohle Hand mit Tee, ließ ihn in die Kanne rieseln, setzte mich wieder an den Tisch, wartete, bis das Wasser im Boiler kochte.

Ich langte hinter mich, öffnete die Speisekammer, tastete nach dem Toast, und als der Tee fertig, der Toast mit Butter bestrichen war – Aufschnitt mußte ich heute im Dorf kaufen –, und ich, in der einen Hand die Tasse Tee, in der anderen die Scheibe Toast, das Frühstück beginnen wollte, befiel mich der Husten, der mich regelmäßig in Atemnot brachte, seitdem ich von Wolls Heroinsucht wußte.

Unterkriegen lassen wollte ich mich nicht, nahm einen Schluck Tee, mußte wieder husten, die Tasse absetzen. Den Toast behielt ich in der Hand, die Hand legte ich auf den Teller, keuchte, zog ein Taschentuch unter dem Kissen hervor und trocknete mir die Augen.

Ich legte den Toast weg, trank in kleinen Schlückchen, vorsichtig dabei einatmend, stand auf, ging in die Waschküche und inspizierte das Schränkchen vor dem Fenster, in dem Mutter früher das Gemüse aufbewahrt hatte. Obst und Gemüse müßte ich also auch besorgen.

Das Wetter in Niedersachsen sollte schön werden, hatte man gestern im Regionalprogramm gesagt. Ich öffnete die Fenster in der Küche, ging ins Wohnzimmer, nahm die kleine Gießkanne vom Fensterbrett, füllte sie im Bad mit Wasser und goß die Topfpflanzen.

Ich ging aus dem Haus den Hang hoch zu einem Kirschbaum, der inmitten von Eichen und Buchen blühte, brach einen Zweig und hielt ihn an die Brust.

Weiter ging ich nicht an diesem Morgen, ließ den Zweig fallen, kehrte dem Licht den Rücken, machte einen Bogen um das Haus und ging über die Wiese, hinter den Tannen vor Mutters Schlafzimmer und an den Eiben vor den Küchenfenstern vorbei. Aus einem ehemaligen Schafkoven im Stall holte ich einen Liegestuhl, der sich in der Kotsenke verklemmt hatte, zog ihn aus dem Haus hinter mir her über das Beet, wo ein paar Tulpen blühten, baute ihn auf dem moosdurchsetzten Rasen vor der Magnolie auf, rückte ihn zur Sonne, setzte mich.

Ich fand keine Ruhe, stand auf, ging wieder in den Stall, nahm eine Forke und versuchte, vor dem Haus den größten der abgestorbenen Berberitzenbüsche aus dem Boden zu heben. Als ich Erfolg hatte, der zweite, dritte Busch sich genauso leicht lockern ließ, sah ich noch mehr Berberitzen nahe der Einfahrt, wo Findlinge das kleine Beet begrenzten, doch die waren noch am Leben, nur die Spitzen waren abgestorben, kleine grüne Blätter sprossen an den unteren Zweigen.

Ich ließ die Forke liegen, ging in die Küche, trank einen Schluck Wasser, das immer noch aus dem Brunnen kam, ging zur liegengelassenen Forke, piekste eine Berberitze auf, blickte um mich und trug den Busch auf der ausgestreckten Forke zum Schuppen, schüttelte ihn ab und wollte gerade den nächsten holen, als das Telefon läutete.

Natur!? Auf dem Land brauchst du keine Natur, sagte ich am Telefon zu Stephan, ich brauche dich und einen Hochsitz in einer Großstadt.

Mutter war durch das Kingeln wach geworden. Die Pflegerin würde bald kommen, und ich wollte nicht dabeisein, wenn sie Mutter wusch und ihr beim Anziehen half.

Ich ging aus dem Haus zum Schuppen, sah nach meinem alten Fahrrad. Es hatte nur einen Platten. Das Ventilgummi war schnell ausgetauscht, das Fahrrad aufgepumpt, und ich fuhr links die Straße runter, vorbei am Hof, wo Vater geboren war, vorbei an der Gasspeicheranlage, die gegen den Widerstand der Ansässigen im Landschaftsschutzgebiet gebaut worden war, zum Poggenpohl.

Dort stieg ich ab, ging über die Brücke des stillgelegten Zuleiters und sah über die Wiesen in Richtung Hunte.

Es war alles so, wie ich es kannte. Wie früher mußte ich das Fahrrad schieben, als ich weiter wollte durch Poggenpohls Sand. Erst hinter Lüers auf freiem Feld stieg ich auf, bog dann rechts auf die Straße und fuhr an Kläner – der seinen Hof jetzt als Gaststätte bewirtschaftete – vorbei und ins Dorf hinunter.

Der Muhlehof, wo wir nach der Flucht gewohnt hatten, stand leer. Das Reitdach war ausgebessert, das Gras zwischen den alten Eichenbäumen war gemäht worden, der Weg durch den Garten war immer noch von Buchsbaum gesäumt, aber von Unkraut überwuchert. Durch die Tür war nichts zu sehen, da schien es noch so dunkel zu sein wie früher. Der Hinterausgang der Küche, von wo aus ich als Kind zum Schweinestall gelaufen war, wirkte verfallen, als hätte ihn nach uns niemand mehr benutzt. Auch das Tor zur Tenne machte nicht den Eindruck, als ob es dem täglichen Öffnen und Schließen noch gewachsen war.

Ich ging zurück und befreite das Fahrrad, das in die Buchenhecke gesunken war. Auf der anderen Straßenseite lag das Buchenwäldchen, wo ich vor der Währungsreform Ekkern gesammelt hatte, die Mutter dann gegen Speiseöl eintauschte.

Im Sommer hatten wir dort Höhlen gebaut und abends heimlich geraucht. Einmal sind wir danach im Dunkeln an der Dorfeiche und an der Kirche vorbei zur Hunte gelaufen und haben nackt gebadet. Tante Mariechen war noch in der Küche, und als die Uhr schlug, sah sie zur Kirche hinüber. Sie trat ans Fenster, spähte ins Dunkle, als ob sie die geduckten und flüsternden Gestalten vorbeischleichen sähe.

Am nächsten Tag, als ich die Milch abholte, ging sie mit mir vom Stall in die Küche, gab mir rote Grütze mit Rahm zu essen und sah dabei aus dem Fenster. Ich sah auf den Teller, aber gesagt habe ich nichts, obwohl sie offenbar eine Erklärung zum vorigen Abend von mir erwartete – denn rote Grütze hatte sie mir noch nie angeboten.

Als ich nach Haus kam, lag Mutter auf dem Sofa im Wohnzimmer und war über dem *Stern* eingenickt.

Ich putzte das Gemüse, das ich im Dorf bei *Spar* gekauft hatte. Auf dem Dachboden machte ich mir Platz, holte meine Wäsche, die ich gestern in der Waschmaschine vergessen hatte, aus der Trommel und hängte sie auf.

Ich ging in mein Zimmer, legte mich aufs Bett und schlief gleich ein.

Hochgeschreckt von Mutters Ruf, lief ich nach unten, und als ich die Tür, die Mutter nur einen Spalt offen gelassen hatte, ganz aufmachte, sah Mutter mich mißtrauisch an und fragte:

Kennst du den jungen Mann?

Ich lächelte und verneinte, aber sie glaubte mir nicht. Der junge Mann hatte sein Auto am Straßenrand geparkt und bat um etwas Wasser für seinen dampfenden Kühler. Ich holte ihm einen Eimer, und Mutter kam hinterher, als ich mit ihm zum Auto ging.

Ich wurde ärgerlich, denn mit ihrem scheelen Blick brachte sie den jungen Mann in Verlegenheit. Er scheute sich, mir offen ins Auge zu sehen und seine Sympathie zu zeigen.

Geh bitte wieder ins Haus, sagte ich zu ihr.

Mutter preßte die Lippen zusammen und ging.

So, sagte ich zu ihm, trat zu ihm vor die Kühlerhaube.

So, sagte er, hielt den Eimer zwischen uns, das war's dann wohl.

Ich nahm den Eimer, sagte:

Dann setz ich jetzt die Suppe auf.

Wir lachten, er gab mir die Hand, wurde rot, und bevor ich sie etwas fester drücken konnte, hatte er sie weggezogen, schlüpfte hinters Steuer, preschte davon und hupte zweimal kurz. Ich schwenkte den Eimer, ging zurück ins Haus.

Als die Gemüsesuppe fertig war, füllte ich einen Teller und brachte ihn Mutter, die sich wieder ins Wohnzimmer gesetzt hatte.

Was ist das? fragte sie.

Suppe.

Welche Suppe?

Die Suppe, die du essen sollst.

Sie drehte sich um und sagte:

Ich will sterben.

Ich lächelte und nahm die Suppe wieder mit.

In der Eibe reckten die jungen Amseln die Schnäbel, als wieder ein Elternpaar Futter brachte. Ich ging durch den Wald auf das Nachbargrundstück, zickzack den Hang des Flußtals runter zum Bootssteg, der über dem Trockenen moderte. Seitdem die Hunte nicht mehr gestaut wurde und der Zuleiter kein Wasser mehr bekam, lag der Steg brach.

Ich prüfte, ob die Bretter noch trugen, setzte mich und sah einen Benzinkanister in der Hunte vorbeischwimmen. Zwei Paddler folgten.

Letzten Sommer, als Mutter aus der Rehabilitationsklinik entlassen wurde, in die sie nach ihrem Schlaganfall eingewiesen worden war, hatte ich sie besucht. Ich war auch durch den Poggenpohl nach Ostrittrum zu Jürgen Korte gefahren und hatte Meta vorgefunden, Jürgens Frau, die unter der Hainbuche eingenickt war.

Mama! schrie ihr Sohn in dem Augenblick.

Meta fuhr zusammen.

Was ist denn?

Mama! Komm!

Sie ging ins Haus, wo der Sohn seinen Mittagsschlaf halten sollte. Ich nickte Meta zu und folgte ihr.

Was ist denn?

Da, sagte der Sohn, und zeigte auf die Bettdecke, die noch Falten warf.

Nicht so! schrie er, als Meta sie glattstreichen wollte.

Was ist denn? fragte Meta wieder und wollte ihn auf den Arm nehmen.

Nein!

Er stieß Meta weg, lief zum Bett, wo Jürgen schlief, und zog das Kopfkissen runter.

Mein Kissen!

Ist ja gut.

Ich will zu Papa.

Das geht nicht.

Bist du Papas Freund?

Ja, sagte ich.

Papa ist ein Kußmann.

Wie kommst du denn darauf? fragte Meta.

Ist aber so.

Der Sohn steckte den Schnuller in den Mund.

Die Nachbarin war gekommen, um Eier zu holen.

Mal wieder da? fragte sie mich.

Wieso?

Ich dachte nur.

Meta ging in die Kammer, wo sie die Eier aufbewahrte.

Sie waren ja mal sehr gut befreundet, sagte die Nachbarin.

Das war vor der Hochzeit, sagte Meta.

Ich lächelte, ich konnte mich gut an die Hochzeit erinnern. Am Tag zuvor war Metas Mutter gestorben. Da die meisten Hochzeitsgäste schon angekommen waren, wurde nachmittags in der Tenne die Beerdigung gefeiert und abends im Zelt die Hochzeit.

Ich hatte mich damals im Poggenpohl erkältet und lag im Bett. Als in der Tenne die Tische aneinandergestellt und mit Tüchern bedeckt wurden, zog ich mir den Bademantel an und setzte mich in die Diele, wo ich die Tafel überblikken konnte und wo schon Gläser für den Korn und Teller für den Butterkuchen bereitstanden.

Bevor die Trauergäste kamen, wollte ich mich wenigstens rasieren, aber mir zitterten die Knie, als ich aufstand, ich sackte zusammen und verlor das Bewußtsein.

Was ist? fragte ich Jürgen, der sich über mich gebeugt hatte.

Wir haben zuwenig Korn gekauft.

So was spricht sich rum, was?

Ich hol gleich Nachschub.

Ist der Pastor auch da?

Der ist vergrätzt, der hat noch nicht einen Schluck getrunken.

Als der Goldregen verblaßte, die Akelei die Köpfe senkte, wurden im Zelt Glühlampen angebracht. Eine alte Zinkwanne, gefüllt mit Seifenlauge, wurde von der Nachbarin und Meta an den Gästen vorbeigetragen und zu Füßen der Eichen abgestellt. Mit Riesenringen an langen Stöcken, die von den Frauen der Nachbarschaft tags zuvor aus Mull und Draht angefertigt worden waren, konnten die Kinder große schillernde Blasen in die Dämmerung treiben lassen.

Ich lag wieder im Bett. Beim ersten Ton der Musik aus dem Zelt trat ich ans Fenster und sah den Seifenblasen nach, die im Garten über Stachelbeeren, Johannisbeeren und Apfelbäumen zerplatzten.

Das Fest sollte feierlich beginnen. Ein Querflötenspieler und eine Geigerin stellten einen Notenständer auf der Tanzfläche auf, und die Kinder, verdutzt, daß sich auf ihrer Spielwiese, unter stiller Duldung der Erwachsenen, zwei Gegenspieler ansiedelten, hielten ein paar Takte inne, um dann, unter Lachen und Schreien, um die Musikanten zu springen, so daß der Notenständer schwankte und die Musizierenden nur mit äußerster Konzentration das Stück zu Ende bringen konnten.

Nun ist aber Schluß, sagte Meta, die mit Jürgen Polka tanzen wollte, die sie beide geübt und die die Kapelle extra für sie einstudiert hatte.

Ich hatte mich doch noch aufgerafft und war bis zur Theke gekommen. Als die Kapelle nach Wünschen fragte, sagte ich:

Rock'n'Roll.

Jürgen kam auf mich zu, und wir versuchten es wie früher. Noch einmal kam die Spannung auf, die unsere Jugend erfüllt hatte, wenn wir, eingepfercht im Dorf, unsere Wut auf Weidezäunen hatten tanzen lassen.

Stephan stieg aus dem Bus, ließ die Reisetasche fallen. Als der Bus weitergefahren war, sagte er:

Das ist ja wie auf dem Land – und hier bist du aufgewachsen?

Ich hatte bei Freunden ein Fahrrad für ihn ausgeliehen, und nun schoben wir die Räder die Straße runter.

Wollen wir uns da mal hinsetzen, das ist so schön still, sagte Stephan.

Das war mal der Friedhof, da haben wir uns als Kinder versteckt, und ein Stück weiter am Weg liegt der Muhlehof, da haben wir nach dem Krieg gewohnt.

Du kommst mir hier ganz anders vor, sagte er.

Du auch, so ohne Motorrad.

Mutter wartete bereits auf uns. Sie hatte sich vom Sofa auf den Sessel gesetzt, den *Stern* auf dem Schoß.

Sie sind also derjenige, sagte sie zu Stephan.

Ich deckte den Tisch unter dem Zwetschgenbaum.

Ich merke alles, hörte ich sie sagen, und ging von der Küche ins Wohnzimmer. Die Kräfte lassen nach, aber der da, sie hob den Stock, um zum Kopf zu zeigen, funktioniert noch.

Wie alt sind Sie jetzt, Frau Poppe?

Mutter fragte mich:

Wie alt bin ich?

Achtundachtzig wirst du dieses Jahr.

Achtundachtzig? Ach was.

Doch, und mit fünfundachtzig bist du noch Auto gefahren, dann kam der Oberschenkelhalsbruch, dann der Schlaganfall.

Ja? Das glaube ich nicht.

Stephan mußte lachen. Mutter verzog den Mund, stand auf, wies Hilfe ab und ging voraus.

Was hat sie?

Ich glaube, sie ist eifersüchtig.

Stephan meinte, um etwas Nettes zu sagen, er könne sich gut vorstellen, hier zu leben.

Urlaub brauche man hier nicht, pflichtete Mutter bei.

Ich erzählte vom Hof, auf dem Vater geboren war. Stephan wollte ihn unbedingt gleich sehen.

Ich komme mit, sagte Mutter.

Das ist zu anstrengend für dich.

Ich kann laufen.

Sie stand auf, ging von der Wiese zum Weg, dann zur Straße und wieder zurück.

Hör auf, sagte ich, nachher liegst du wieder auf der Nase.

Sie blieb vor Stephan stehen und hob den Stock.

Sie sind derjenige.

Ich habe doch gar nichts gemacht, sagte Stephan und sprang auf, weil er dachte, Mutter wolle ihn schlagen.

Ich kann laufen.

Hör jetzt auf, sagte ich, wütend geworden.

Sie fing an zu weinen. Ich wollte sie in den Arm nehmen, aber sie stieß mich weg. Ich stand auf und ging.

Wir können sie doch nicht alleinlassen, sagte Stephan, der nachgekommen war.

Doch, das können wir.

Schweigend gingen wir bis zum Hof des Güllebarons.

Da ist mein Vater geboren, sagte ich, zeigte auf den Hof und den Acker zum Fluß im Westen, nach Osten, die Straße hoch, auf den Wald zu beiden Seiten, vom Norden im Poggenpohl zum Süden, wo die Rieselwiesen lagen.

Die Größe hatte der Hof zu Zeiten meines Großvaters, sagte ich.

Du hängst wohl sehr an der Gegend, meinte Stephan. Was stinkt denn so?

Gülle.

Schweigend gingen wir weiter in den Poggenpohl. Zwei Düsenjets donnerten über uns.

Militär! rief ich und ging weiter.

Stephan war stehengeblieben, hatte den Mund aufgerissen und hielt sich die Ohren zu. Als die Tiefflieger verschwunden waren, zwitscherten die Vögel wieder, die Kühe senkten ihr Haupt aufs Gras, und auch die Wasserratte wagte sich erneut von der Böschung ins Grabenwasser.

Stephan mußte erst mal pissen, folgte mir dann vom Acker über den Hügel auf die Holzbrücke vom Fluß.

Wie idyllisch, sagte er, beugte sich über das Geländer und fuhr zusammen, als ein Entenpaar aufflog.

Wir gingen weiter, den Pfad an der Hunte entlang, kamen durch eine Schlehenschneise, und ich drehte mich erst um, als Stephan rief:

Die haben ja Dornen!

Die Zeit der Blüte ist vorbei, und Früchte tragen sie erst im September.

Pieksen die auch?

Du kannst sie ja bei Gelegenheit mal kosten.

Bei welcher Gelegenheit? Willst du hierbleiben?

Nein, ich habe einen Entschluß gefaßt. Ich steige in das Futongeschäft ein, als Teilhaber.

Und Woll?

Woll hat neun Monate bekommen und sitzt jetzt in Dieburg.

Dann wirst du ihn ja bald wiedersehen. Woher weißt du das überhaupt?

Ich laß mir meine Post natürlich nachschicken.

Stephan lachte. An der Biegung, wo die Moorbäke mündete, blieb er stehen und zeigte auf vier Weidenstümpfe.

Alle abgesägt. Dürfen die das? In Frankfurt braucht man dazu eine Genehmigung.

Zu Woll: Einmal besuche ich ihn noch, aber nur, um ihm zu sagen, daß es aus ist zwischen uns.

Wegen mir brauchst du das nicht.

Die Hunte hatte einen Bogen gemacht, und gegenüber sahen wir Vaters Geburtshaus von hinten. Am trockenen Zuleiter entlang gingen wir über die Wiese bis zu der Stelle, wo man ihn zugeschüttet hatte. Wir gingen über die Betonplatte, über die auch die landwirtschaftlichen Nutzfahrzeuge das Flußbett überqueren konnten.

An einem kläffenden Hund vorbei, der uns am Zaun des Privatgeländes begleitete, gingen wir den Hang hoch, der einmal den Urfluß eingegrenzt haben muß, dann die Furt entlang, den die Bäke sich für ihren Durchbruch geschaffen hatte. Früher war hier wohl ein Auenwald gewesen, jetzt eine Weide mit Baumbestand für zwei grau melierte Pferde.

Wir überquerten die Straße, und als wir auf dem Wehr standen, uns der Moorgeruch des herabstürzenden Wassers in die Nase stieg und links von uns die Sonne einen Teich beleuchtete, wies Stephan mich darauf hin, daß das Gebäude am Wehr früher einmal eine Mühle gewesen sein müsse.

Das reitgedeckte Bauernhaus vor uns mitsamt den Nebengebäuden war zu einem Gastronomiebetrieb umgebaut worden, mit Parkplätzen davor, und der mit Kopfstein, Asphalt und Beton gepflasterte Hof ließ die dort zu erwartende kulinarische Vielfalt ahnen.

Die Eingeborenen witterten sofort das Stadtwild und widmeten uns ihre stumme Aufmerksamkeit wie vorhin die Kühe auf der Wiese, nur ein Jungblut reckte den Kopf dreist hervor und musterte uns mit blitzenden Augen.

Ich spähte nach unten, um zu sehen, ob ihm vielleicht unter dem Tisch der Schwanz stand, wurde rot, die Eingeborenen grienten, und der Junge ruckelte bockbereit hin und her.

De will dat weten, sagte einer.

Sprechen die hier holländisch? fragte Stephan.

Ich zog ihn in den Flur, weiter in den Kaminraum, wo eine Gruppe Wandersleute mit Kniebundhosen und roten Socken saß. Der Kellner kannte mich noch von früher, lächelte mir zu, brachte uns die Karten und musterte Stephan dabei.

Ist der schwul? flüsterte Stephan.

Psst, machte ich.

Was können Sie uns denn empfehlen? fragte Stephan.

Salat mit süßer Sahne, Spargel mit ...

Mit süßer Sahne? sagte Stephan. Was sind denn das für Sitten?

Um ihm reinen Wein einzuschenken, drehte der Kellner sich seitwärts, legte die Hand hinter den Rücken, drückte den Kopf in den Nacken und sagte:

Das müssen Sie Ihren Freund fragen, der kennt sich hier aus.

Stephan zeigte sich gutwillig und sagte:

Ich finde, der sieht Woll sehr ähnlich.

Nach dem Essen, es dämmerte schon, führte ich ihn wieder an die Hunte, dorthin, wo der Pfad in einem dunklen Loch unter Bäumen verschwand.

Gibt es da Spinnen, fragte er.

Nicht um diese Zeit.

Aber Hexen.

Jetzt komm.

Ich reichte ihm die Hand, Stephan ertastete das Brett über dem Graben, rutschte aus und zog mich mit sich.

Der ist ja trocken! Au! Brennesseln gibt es hier auch. Warte doch mal, ich sehe nichts.

Du mußt dich längst an die Dunkelheit gewöhnt haben.

Wann ist längst?

Ich bückte mich und verschwand unter den Tannenzweigen. Stephan, sofort hinterher, stieß mich mit dem Kopf.

Huch! rief ich.

Wen hast du denn erwartet? fragte Stephan. Kann ich jetzt hoch?

Wir haben es gleich geschafft.

Jetzt habe ich mich dran gewöhnt.

Wenn wir auf der Straße sind, weiß ich noch eine Abkürzung.

Von der Brücke, die in ursprünglicher Form eine Stauschleuse gewesen war, schmiß Stephan einen Stein ins Wasser.

Wenn ich morgen fahre, kommst du dann mit?

Das kann ich meiner Mutter nicht antun, sagte ich.

Als wir zurückgekommen waren, den Tisch abgeräumt, die Stühle und den Tisch, der Ordnung halber, in den Stall gebracht hatten, fanden wir Mutter schlafend vor dem Fernseher. Sie wachte gleich auf.

Geh doch ins Bett, sagte ich.

Ich geh nicht allein.

Ich geh jetzt auch schlafen, sagte ich, winkte Stephan weg und führte sie ins Schlafzimmer.

Ich half ihr beim Ausziehen, zog ihr den Schlafanzug an, deckte sie zu, gab ihr einen Kuß, wollte die Tür schließen.

Nicht, sagte sie.

Offenlassen? fragte ich.

Sie nickte.

Am Morgen wachte ich durch Gepolter auf, das aus der Küche kam. Stephan lag nicht neben mir, und ich glaubte, er habe sich im Haus verlaufen. Ich stieg die Treppe hinunter. Die Tür zu Mutters Schlafzimmer stand offen, die Küchentür auch.

Im Flur lag ihr Schlafanzug, Bettdecke und Bettlaken lagen auf dem Fußboden des Schlafzimmers, und als ich in die Küche kam, sah ich sie nackt auf dem Linoleum sitzen, eine Hand auf einem umgekippten Stuhl.

Sie sah zu mir hoch, kicherte und pißte auf das Linoleum.

Das darfst du nicht, sagte ich.

Sie kicherte noch, als ich sie wieder zu Bett brachte.

Stephan war vor dem Haus gewesen, um sich den Sonnenaufgang anzusehen, und wir gingen gemeinsam wieder zu Bett.

Nach Stephans Abreise fuhr ich nach Hamburg. Es war kalt, regnerisch, ein gemeiner Wind pfiff auf dem Bahnhof in Bremen, wo ich umsteigen mußte. Ich hatte Glück, ich stand vor der Tür des Großraumwagens, als der Zug hielt, und fand nahe beim Eingang einen freien Platz neben einem Bundeswehrsoldaten.

Der hatte seinen Sitz in Liegeposition, seine Boots hatte er ausgezogen und neben sich gestellt, die Füße gegen die Rückenlehne vor ihm gestemmt, und war gerade aufgewacht. Er lächelte, als ich mich setzte. Er nahm seine Füße runter, fuhr sich durchs Haar, stopfte das Polohemd fester und zog die Boots an. Natürlich bemerkte er meinen Blick, sagte:

Die Lehne können Sie runtermachen, und tat es für mich.

Ich klappte sie wieder hoch. Der Soldat sah aus dem Fenster, zu mir, und gleich wieder weg.

Glauben Sie an die Liebe? fragte ich.

Et kütt, wie et kütt, antwortete der Soldat, und seine Kameraden lachten sich halbtot.

Vom Hamburger Hauptbahnhof fuhr ich zum Baumwall. Ich wollte den Hafen sehen. Die Sonne war wieder durch die Wolken gebrochen, aber ich beeilte mich, in eine Kneipe zu kommen, das Sitzen im Zug hatte mich anfällig für Böen gemacht, die mir Tränen in die Augen trieben.

In der Kneipe unter der U-Bahn-Überführung zu den Landungsbrücken gab es Bier und Langeweile und einen Rotblonden an meiner Seite mit tätowierten Armen und einem eisernen Adler als Gürtelschnalle.

Ich nahm den spendierten Korn an, weil ich kein Spielverderber sein wollte, hörte mir auch eine Geschichte darüber an, wie der Seemann neben mir in Singapur abgemustert worden war, wie er ein Flugticket in die Hand gedrückt bekommen hatte, sich noch eine Malayin mit aufs Zimmer genommen und sie seinem Nachbarn abgegeben hatte, als der Flug ging, schließlich war sie für die ganze Nacht bezahlt worden.

Wie er im Seemannsheim untergekommen war, wo es ihm nicht gefiel und er keine Aussicht auf Arbeit mehr hatte, weil er zu teuer und, obwohl in den besten Jahren, zu alt war.

Ich trank aus, ging zum Millerntor hoch, die Reeperbahn runter, bog in die Talstraße ein, bezahlte zehn Mark im Pornokino und tastete mich durch den Dunkelraum im Keller.

Ich ging die Treppe wieder hoch, an der Fickszene auf der Großbildleinwand vorbei zum Pißbecken und war erstaunt, hinter der Trennwand ein Sofa zu finden.

Es dauerte nicht lange, und der Mann neben mir öffnete seine Hose, und als ein Dritter sich zu uns setzte, wichsten wir über Kreuz. Jemand schob seinen Schwanz vor meinen Mund, ich lehnte mich zurück, schloß meine Hose, stand auf, ging in den Kinoraum und setzte mich neben einen, dessen Schwanz ganz unbetroffen aus dem Stall hing und ab und an von seinem Herrchen gestreichelt wurde.

Es verblüffte mich nicht, daß ich im Dunkelraum das Licht leuchten sehen wollte, aber der Schwanz als Vorbild stand im Finstern vielleicht am besten.

Ich ging wieder zum Millerntor, stieg in die U-Bahn und fuhr zum Borgweg. Eine Gruppe Taubstummer stieg vor mir die Treppen zum Ausgang hoch. Wortlos folgten die anderen Fahrgäste. Ich überquerte die Straße, öffnete eine Eingangspforte und klingelte an der Haustür. Beim Summton stieß ich die Haustür auf, ging durch den Flur im Erdgeschoß, die Treppe zur Wohnung hoch.

Wo hast du dich denn noch rumgetrieben? fragte Ute.

Von Holger bekam ich wortlos ein Cocktailglas gereicht. Es blieb nicht bei einem Cocktail, und als ich betrunken war, zupfte ich an Holgers Pullover.

Dieses Teil, sagte ich, hat bestimmt Ute gestrickt. Sie muß dich fest im Griff haben, wenn du so was öffentlich trägst. Bestimmt ist sie schwanger, oder?

Ich drehte mich zu ihr um, aber Ute war gerade ins Schlafzimmer gegangen.

Und verträgt weder Alkohol noch Zigarettenrauch, hat aber meinem Besuch zugestimmt, obwohl sie viel lieber mit dir allein geblieben wäre.

Und wenn du ins Schlafzimmer gehst, liegt sie schon im Bett, schläft aber noch nicht. Du legst dich zu ihr, sie fummelt nach ihrem Taschentuch unter dem Kopfkissen, bohrt mit dem rechten Zeigefinger im Nasenloch und legt das Taschentuch wieder unter das Kissen.

Und am Morgen? fragte Holger.

Am Morgen siehst du aus dem Fenster zu den parkenden Autos zwischen den Fahrspuren, wo ein Junge mit dem Arsch die Autotür zustößt und dabei auf die Straße spuckt.

Du würdest ein guter Ehemann werden bei so viel Vorabkenntnissen, sagte Holger.

Ich war aufgestanden, hatte dabei das Lacktischchen umgerissen. Vom Poltern war Ute ins Wohnzimmer gelockt worden.

Ich gehe jetzt, sagte ich.

Du bleibst, sagte Holger.

Laß ihn doch, sagte Ute.

Ich war schon in den Flur gewankt und wollte die Treppe runter.

Warte! rief Holger.

So schafft er es nicht, sagte Ute, drängte Holger ab, nahm meinen Arm und wollte ihn um ihre Schulter legen.

Schaff ich allein, sagte ich, griff nach dem Treppengeländer, verlor das Gleichgewicht, fiel auf die Stufen, verlor den Halt und rutschte am Geländer die Treppe runter.

Ute schüttelte den Kopf. Ich setzte mich auf, fragte:

Ist der Taxifahrer schon da?

Der muß hier schlafen, entschied Ute.

Das ist nicht möglich, sagte ich.

Aus der Kammer neben der Küche wurde eine Matratze geholt, Ute brachte Bettzeug, Holger zog mir Schuhe und Hose aus.

Als ich aufwachte, ging ich die Treppe hoch ins Bad, duschte, rasierte mich, fand auf dem Glasbord über den beiden Waschbecken After-shave, Eau de Cologne, Parfum, auch Puder für die Achseln und Milk für die Haut.

Die Zusammenhänge sind falsch, hörte ich Holger in der Küche, und wenn ich über den Tag hinaus denke, bekomme ich Kopfschmerzen.

Aber du möchtest doch auch in der Elbe baden, sagte Ute.

Ich habe viele Bedürfnisse.

Aber du weißt, daß die Elbe stirbt.

Ich weiß auch, daß die Rebhühner sterben.

Und die Bauern! rief ich und ging in die Küche.

Du hast gelauscht, sagte Ute.

Das war alles, was ich für die Umwelt tun konnte. Die Ungleichzeitigkeit der Erkenntnisse machte aus dem Sehenden einen Don Quichote und aus dem Revoltierenden das Opfer der Vergangenheit, und als ich in die Stadt ging, fühlte ich mich eingekreist von all den Verobjektivierungen und dem Reichtum in Hamburg. Da mußten Satelliten Einblicke geben, aber mehr als ein Orakel würde nicht dabei herauskommen, und solange der Kosmos sich ausdehnte, galt es, die aus der Bahn zu stoßen, die die eigenen Kreise störten, und dabei selbst den Gensprung zu schaffen.

Ich besuchte auch noch Ingrid. Sie war im Winter auf Oropax süchtig geworden und im Sommer auf Sonnenbrillen. Anfangs hatte sie die Stöpsel noch vor der Arbeit und zum Fernsehen entfernt, bis sie schließlich keine Geräusche mehr ertragen konnte, nur noch das Pochen des eigenen Bluts.

Erst war Herta ausgezogen, dann Klaus, jetzt drohte ihr der Verlust der Wohnung, denn die Nachbarn hatten sich über den lauten Fernseher beschwert, der auch nach Programmschluß weiterlief, um ihr das Gefühl von Einsamkeit zu nehmen.

Sie verließ kaum noch die Wohnung, sie saß Tag für Tag bei hell erleuchteten Zimmern mit Sonnenbrille und Oropax im Schaukelstuhl vor dem lauten Fernseher.

Über den Wolken war ich eingeklemmt zwischen einer Frau, die beständig in ihrer Tasche unter dem Sitz wühlte, zweimal beinahe ihre Haare in meinen Kaffee getunkt hätte, und dem Mann, den ich schon beim langen Warten auf den Abflug in Hamburg beobachtet hatte, weil er sich drei Lunchtüten nahm, eine davon in seinen Aktenkoffer tat, sich dann einen Kaffee holte, im Flugzeug erst seinen Aktenkoffer verstaute, danach sorgsam seinen Schal, den Mantel, schließlich auch die Jacke, sich nach vorn drängelte, mit drei Illustrierten zurückkam, sich breitmachte und bei der Stewardeß noch einen Sekt bestellte.

Als das Flugzeug landete, streckte er sich. Ich sah im klaffenden Hemd, über dem rutschenden Gurt, blasses, behaartes Fleisch, hörte die Aufforderung der Stewardeß, so lange sitzen zu bleiben, bis das Flugzeug einen Parkraum zugewiesen bekommen hätte, sah eine Frau in den Vierzigern, mit Stufenhaarschnitt. Sie trug ein Kostüm aus brombeerfarbenem Flanell, eine Bluse in verschlungenem Lila-Braun und Rost und einen Speer als Ohrring, an dessen Ende eine Perle schwang. Sie eilte zum Cockpit und kam mit der Stewardeß zurück, die ihr versicherte, den Anschlußflug noch zu bekommen.

Sie setzte sich wieder, griff zum Ohr, stand auf, tastete

den Sitz ab, trat in den Gang, kniete, tastete den Boden unter dem Sitz ab, ging, den Gang absuchend, wieder zum Cockpit, und kam wieder mit der Stewardeß zurück. Beide suchten noch mal das Umfeld ab.

Sind Sie sicher, daß Sie ihn hier verloren haben? fragte die Stewardeß.

Ich würde Sie doch sonst nicht bemühen.

Die Stewardeß, auf ihrem Weg zurück, sah aufmerksam zu Boden. Die Frau bat ihre Nachbarin, auch unter ihrem Sitz nachzusehen. Als das Flugzeug zu stehen kam, die Passagiere ihr Handgepäck aus den Fächern holten, auch die Frau ihre Tasche und ihren Mantel sich vom Nachbarn hatte reichen lassen, versuchte sie, sich an den wartenden Passagieren vorbei zum Vorderausgang zu drängeln.

Das nützt ihnen doch nichts, sagte ein Geschäftsmann in Anthrazit mit einem Aktenkoffer in der Hand, den sie mit dem Hinweis auf ihren Anschlußflug aufgefordert hatte, ihr Platz zu machen.

Während das Flugzeug sich durch den Hinterausgang entleerte, die Passagiere den wartenden Bus füllten, wurde am Vorderausgang noch mit der Gangway manövriert. Als sie abgesichert war, die Tür sich öffnete, versuchte die Frau, mit ausgestreckter Hand den abfahrenden vollen Bus zu erreichen, und stürzte die Treppe hinunter.

Ich kannte mich im Frankfurter Flughafen aus, und meine Gedanken eilten voraus nach Dieburg, zu Woll.

Im Hauptbahnhof wechselte ich von der S-Bahn zum Zug nach Darmstadt, in Darmstadt nahm ich, nachdem ich den Fahrplan studiert hatte, ein Taxi nach Dieburg.

Ich legte an der Pforte Personalausweis und die Einladung von Woll vor, blickte zur Kirche gegenüber und drückte die Tür auf. Ein Wärter zeigte mir einen Spind, in dem ich meine Sachen deponieren sollte, führte mich zusammen mit einem anderen Besucher über den Hof in einen Vorraum, wo Wartende Ungeduld verbreiteten, dann weiter in einen großen Saal, wo bestimmt einmal Mönche eingesessen hatten, denn der Knast mußte früher ein Kloster gewesen sein.

Ich setzte mich ganz nach hinten. Woll mußte noch warten, weil der Wärter am Eingang hinter seinem Tisch telefonierte. Er stand im Blaumann, mit einer Zigarette in der Hand, vor dem Tisch.

Nach der Umarmung fragte ich:

Warum ziehst du nicht die Sachen an, die ich dir geschickt habe?

Ich will mir nichts vormachen, sagte er, und, als wir uns gesetzt hatten:

Hast du was mitgebracht?

Ich sah zu den Gefangenen und Besuchern an den anderen Tischen.

Die sind mit sich beschäftigt, drängte Woll.

Ich sah zum Wärter.

Der ist o.k., der will nur, daß der Ablauf stimmt.

Ich faßte in meine Jackentasche, nahm das *dope*, das ich zu Haus verschweißt hatte, und legte es Woll in die Hand.

So wenig!

Er steckte es in den Mund und schluckte es mit Cola, die ich zu diesem Zweck aus dem Automaten im Vorraum mitgebracht hatte.

Nächstes Mal bringst du mehr mit.

Ich faßte seine Hände.

Es muß Schluß sein damit!

Es ist längst Schluß, glaub mir, das Zeug rühre ich nicht mehr an.

Ich lachte.

Dann brauchst du ja nichts mehr.

Woll zog seine Hände zurück.

Es gibt da einen Unterschied.

Was für einen Unterschied?

Draußen will ich nichts mehr damit zu tun haben, aber hier wird mir die Zeit zu lang.

Du machst dir was vor. Du wirst wieder drücken, wenn du rauskommst.

Es gibt immer Überraschungen.

Ich setzte mich an seine Seite, wollte ihn noch mal umarmen.

Nicht hier, vor allen Leuten.

Ich faßte seine Hände, spürte, wie er zitterte.

Vor mir kannst du nichts verbergen.

Woll lehnte sich zurück und lächelte. Das Lächeln, hinter dem er lange seine Abhängigkeit verborgen hatte. Die Sucht war also nicht überwunden, und der Liebreiz des Lächelns war ein Teil der Beschaffungsstrategie.

Aber ich würde nicht mehr darauf hereinfallen, und wenn wir noch einmal zusammenleben sollten, dann nur, wenn er *clean* blieb. Ich brauchte meine Kraft für das neue Geschäft, das in der Höhenstraße schon entstand.

Ich strich mein Kinn mit der Feder, die Woll mir gegeben hatte, und wartete mit denen, die mir aus dem Besuchsraum bekannt waren, auf den Zug nach Darmstadt.

Zwei Bauarbeiter gingen die Schienen ab, dem einen lächelte ich zu. Er wiegte sich in den Hüften, stieß seinen Kumpel an, und der rief:

Er ist noch zu haben!

Davon habe ich nichts!

Die Wartenden genossen das unfahrplanmäßige Ereignis. Ich trat an den Bahnsteig, denn der Arbeiter hatte seinen Eimer abgestellt und kam mir entgegen.

Wie geht's? fragte er.

Ich habe meinen Freund im Knast besucht.

Sitzt er länger?

Ich ging einen Schritt zurück.

Wieso?

Weil du mich so angelächelt hast.

Er fuhr sich mit der Hand in das offene Hemd und streichelte seine Brust. Ich lächelte wieder.

Das neue Geschäft lief so gut, daß wir beschlossen, uns vom Futonlieferanten unabhängig zu machen.

Wir, das waren Walter, der seinerzeit den Laden in der Rendsburgerstraße angeregt hatte, Dieter, der das Taxifahren aufgegeben hatte, Stephan, der sich um den Entwurf und den Vertrieb von Betten kümmern sollte, und ich.

Wir mieteten in Oberhöchstadt eine Halle. Dieter sollte dort die Produktion aufbauen, während Walter die Verantwortung für Wareneinkauf und die Verhandlungen mit der Bank übernahm und ich das Geschäft leiten und mich um die Werbung kümmern sollte.

Die Arbeit ließ uns gerade noch Zeit zum Essen, und als Woll im Herbst wieder vor der Tür stand, war er sich selbst überlassen. Als wir wieder mal bis in die Nacht gearbeitet hatten, brauchte ich noch etwas frische Luft. Ich fuhr mit dem Taxi an den Main und ging Richtung Bethmannpark nach Hause.

Nieselregen hatte das Laub verklebt, ich versuchte, es mit dem Fuß aufzuwirbeln. Ich überquerte die Zeil und setzte das Spiel mit dem Laub fort. Zwei Hunde sprangen mir entgegen.

Die tun nichts! rief der Hundehalter.

Süße Tierchen, sagte ich und streckte vorsichtig die Hand aus. Sollten die nicht an die Leine?

Die sind doch höchstens ein halbes Jahr alt, sagte der Hundehalter und lüftete seinen Hut, etwas Freude müssen sie doch haben. Mein Enkel schreibt gerade seine Examensarbeit und kommandiert sie nur rum.

Und deswegen hat er sie angeschafft? fragte ich.

Seine Freundin war ganz entzückt von den Welpen, und dann hat sie ihn verlassen.

Das ist nicht sehr tierlieb.

Ich bin Gott sei Dank nur zu Besuch. Meine Tochter, er zeigte über die Straße zu den Häusern, muß das Kind versorgen.

Die Hunde wedelten mit dem Schwanz. Ich ging weiter die Bergerstraße hoch und bog in die Mainkurstraße ein. Als ich die Wohnung betrat, traute ich meinen Augen nicht. Woll hatte mir die neue Stereoanlage und den Videorekorder geklaut, der Fernseher war ihm wohl zu schwer gewesen.

Ich rief die Bullen an und stellte Strafanzeige gegen ihn. In der folgenden Nacht rief er an. Ich sagte:

Ich habe Strafanzeige gegen dich gestellt.

Schatz, ich brauchte Geld, da hab ich mir was genommen, korrekt, oder?

Ich habe Strafanzeige gegen dich gestellt.

Weiß du, von wo ich anrufe?

Nein.

Vom Polizeirevier.

Von welchem Polizeirevier?

Das ist doch egal. Wenn ich im Gefängnis bin, dann werde ich wissen, daß du nur mit mir gespielt hast, und dann mache ich Schluß mit meinem Leben.

Ich habe nicht mit dir gespielt, aber ich möchte nichts mehr mit dir zu tun haben.

Das war nur ein Test, Schatz.

Ich habe Strafanzeige gegen dich gestellt.

Ist das dein Ernst?

Ja, die Bullen waren schon in der Wohnung.

Dann haue ich ab. Ich kann nicht mehr ins Gefängnis, das halte ich nicht aus. Weißt du, was du angerichtet hast, wegen ein paar hundert Mark? Die Strafanzeige muß weg.

Das geht nicht.

Du mußt sie zurücknehmen.

Das geht nicht bei Diebstahl.

Was soll ich jetzt machen?

Du kommst zu mir.

Und da warten die Bullen auf mich.

Als er kam, suchte er nach Bullen.

Du darfst mich jetzt nicht alleinlassen, sagte er, sackte in meinen Armen zusammen, kroch zum Telefon, legte sich das Kabel um den Hals, und sagte:

Zieh, ich schaff es nicht, und schlief auf dem Boden ein.

Er schreckte hoch, als die Glut seine Finger erreicht hatte, und ließ die Zigarette fallen. Mit beiden Händen rieb er sich das Gesicht, stand auf, zog sich aus, fiel aufs Bett und schlief.

Er wachte auf, als ich mich zu ihm legte, versuchte, mich zu ficken, und sank mit dem Kopf auf meine Schulter.

Ich rutschte zur Seite, schmiegte mich an ihn, und als ich ihn ganz abgedeckt hatte, warf Woll mich ab, stand auf und ging pissen.

Ich hörte, wie er in der Küche den Schwanz gegen die Schenkel schlug, was er tat, wenn er mit Gewalt einen Steifen haben wollte.

Er kam zurück.

Ich habe Hunger, Schatz.

Ich habe Bücklinge gekauft.

Woll ging in die Küche, kam wieder zurück.

Wie soll ich das essen?

Das ißt du kalt.

Aber ich will ihn warm essen.

Der ist geräuchert.

Warum kaufst du so was! Du hättest lieber einen anderen Fisch kaufen sollen, oder Fisch in Dosen.

Pack bitte den Fisch wieder ein, sonst riecht der ganze Kühlschrank danach.

Woll ging und kam wieder.

Das ist aber ein anderer Käse, nicht der von gestern.

Der hat dir doch nicht geschmeckt.

Wenn du meinst.

Das meine ich.

Woll ging, kam mit einem Glas Milch in der Hand zurück.

Ich habe sie warm gemacht, gute Idee, nicht?

Paß auf, du verschüttest alles.

Immer würde das Heroin triumphieren und neonlichtige Wundblumen treiben. Wir würden in den Andromedanebel treiben, voneinander getrennt, und der heimwerkende Nachbar würde mit der Sägemaschine den Tod verkünden.

Für die Zukunft hatte ich mir etwas vorgenommen, ich wollte klüger sein als Orpheus und mich nicht mehr umdrehen, wenn Woll mich rief.

## Wolls Bericht

Einen Großvater habe ich mir immer gewünscht. Als dann einer bei uns klingelte und sagte:

Elefanten wissen, wo sie sterben müssen, und Mutter entgegnete:

Du bist kein Elefant, Vater, wußte ich, mein Wunsch war erfüllt.

Vater ist tot. Er ist zur Wahl nach Berlin geflogen, notierte während des Flugs:

*Den Ostdeutschen ergeht es wie der Marquise von O, sie werden als Bewußtlose vergewaltigt, und am 3. Oktober wird der Vorgang legitimiert. Herr Kohl schmückt sich mit fremden Federn, die Federwischer in den Medien setzen sie ins rechte Licht, und wenn die Wildecker Herzbuben die Stimmung bündeln, prosten sich die Brüder an den Stammtischen zu, und Sauerkraut ist in aller Munde.*

Den Morgen darauf wurde er im Tiergarten tot aufgefunden.

Er lebte von Mutter getrennt. Ihr Geld hatte er schon lange nicht mehr nötig. Seine Artikel verkauften sich gut. Einmal habe ich ihn beklaut, weil er mein Taschengeld immer zu knapp gehalten hat. Er war betrunken, Mutter hatte Migräne, und ich wollte gerade gehen.

Warte, sagte er, ich habe noch was für dich.

Er torkelte in sein Arbeitszimmer, kam mit seinem

Portemonnaie zurück und drückte mir zehn Mark in die Hand. Während er gleich darauf pissen ging, habe ich mir zwei Hunderter genommen.

Als er wieder nüchtern war, wollte er mich deswegen ins Heim stecken, obwohl ich von einem Teil des Geldes ein Geschenk für ihn gekauft hatte. Ein neues Portemonnaie, denn seines fiel schon auseinander.

Durch Armin schaffte er die Trennung.

Ich war Armin im Knast in Gießen unter der Dusche begegnet. Er saß wegen Körperverletzung. Er hatte Bier ausgefahren und einen Kollegen, der ihn schwule Sau nannte, zusammengeschlagen.

Durch mich haben sie ihn kennengelernt. Gustav, der damals noch Mitinhaber vom Futonladen war, hat ihm bei der Bank einen Kredit für sein Bodybuildingstudio in der Bergerstraße besorgt.

Mutter war gleich verliebt in Armin, und Vater kam unerwartet dazu, als sie für Armin kochte. Es sollte Spargel aus Spanien geben, Schinken aus den Ardennen, Holländische Soße und neue Kartoffeln aus Italien. Während sie die Erdbeeren aus dem Kühlschrank holte, putzte und zuckerte, kam Vater herein. Armin nutzte auch diese Gelegenheit und ließ sich von Vater nach Haus fahren. Bald darauf zog Vater aus.

Ich habe Opa gefragt, was er denn die ganze Zeit gemacht und ob er nicht gewußt habe, daß ich auf der Welt war. Die gleiche Frage habe ich Mutter gestellt. Geantwortet haben beide nicht.

Sie ist wieder mal gereizt, sitzt am Küchentisch, raucht

und blättert dabei im Fernsehprogramm. Die Wohnungstür wird aufgeschlossen.

Vater? ruft sie.

Ich lebe noch!

Muß das immer sein? fragt sie.

Ich lege ihr beruhigend die Hand auf den Arm.

Das ist nun mal sein Erkennungszeichen.

Opa kommt in die Küche.

Eine Luft draußen, wie vor dem zweiten Weltkrieg.

Vater, bitte, ich habe Feierabend.

Ist das ein Grund zum Nörgeln?

Fängst du schon wieder an?

Kein Wunder, Mutter, du hörst ihm ja nie zu.

Ich halt das nicht mehr aus!

Und ich will in Ruhe sterben, noch morgen fahre ich nach Tschernobyl.

Fahr gleich!

Mutter!

Sie hört nicht, sie geht. Opa auch, und ich gehe ihm nach.

Mutter!

Was ist denn?!

Kommst du mal?!

Nein!

Opa stellt sich wieder tot!

Er wird sich schon beruhigen!

Er ist schon ganz starr, und dann müssen wir wieder den Arzt holen!

Opa, aufrecht, die Arme verschränkt, hat sich in seinem Sessel steif gemacht.

Hör auf damit, Vater, sagt Mutter, noch in der Tür.
Nun sag schon, Mutter.
Nein!
Bitte!
Es war nicht so gemeint.

Opa fotografiert.
Weißt du, Junge, seitdem ich über sechzig bin, sehe ich die Dinge anders. Dies Schaufenster zum Beispiel, an dem ich bei Tag oft vorbeigelaufen bin, offenbarte sich erst nachts, von der anderen Straßenseite. Die Beleuchtung tauchte die vielen ausgestellten Spiegel in einen Glanz, der überirdisch war. Manchmal zeigt sich das Wesen der Objekte erst in neuer Kombination. Hier, zum Beispiel, das ist die fensterlose Front, links neben dem Eingang zu Kaisers Kaffeegeschäft. Das Meer, das man darauf gemalt hat, die schwimmenden Bananen, die Inseln aus Erdbeeren hatte ich schon fotografiert, aber erst, als eine fette Blondine, deren schütteres Haar über einen Pelz aus imitiertem Leopard fiel und die unter dem Mantel weiße, enge Jeans trug, die gerade über die Waden gingen, und die über den schwarzen, geschnürten Lackstiefeletten bleiches Fleisch zeigte, erst, als diese Blondine eine schwimmende Banane passierte, offenbarte sich Sinn.
Opa breitet die Fotos auf dem Tisch aus.
In Frankfurt ist das aber nicht.
Nein, das ist in Berlin.
In Berlin hast du auch gelebt? Vielleicht könnte ich auch mal fotografieren, sage ich, schon in der Tür.
Du siehst doch nichts.

Ich sehe Armin, und Armin hat wieder groß eingekauft. Er konnte dem Türkenjungen am Stand nicht widerstehen und hat Tüte um Tüte angehäuft. Wenn ihm noch eine Tüte rübergereicht wird, der Junge fragt:

War das alles? sieht Armin dem Türken in die Augen und lächelt.

Das macht dann sechsundzwanzischmarkundachtschisch, sagt der Junge, und die Spannung am Stand, die sich für einen Augenblick auf die beiden konzentriert hatte, löst sich.

Armin geht zu einer Telefonzelle, steckt Geld in den Schlitz, tippt eine Nummer ein. Er hält den Hörer von sich, als die Stimme seiner Angestellten durch die Muschel dringt, schreit:

Ich bin's, ich komme heute nicht!

Er hängt auf, geht zur Straßenbahnhaltestelle, stellt die Tüten ab, faßt an die Hosentasche, läuft zurück zur Telefonzelle. Er macht die Tür auf, eine Frau dreht sich erschrocken um.

Ich will nur mein Geld, sagt er, und zeigt zur Börse auf dem Apparat.

Die Frau stößt ihn zurück.

Er hebt beruhigend die Hände. Die Frau dreht sich um, fragt:

Ist das Ihr Geld?

Armin nickt.

Das kann jeder sagen.

Er nimmt die Börse, läuft zur Haltestelle zurück, und die Tüten sind verschwunden.

Man hat mir das Perlhuhn geklaut, mault er laut.

Die Küche sieht in kurzer Zeit aus wie ein Schlachtfeld. Er hantiert mit Töpfen, Schüsseln, Pfannen wie mit seinen Trainingsgeräten. Es kommt immer ein gutes Essen dabei raus, aber während er sein Verdauungsschläfchen macht, muß ich aufräumen. Die Geschirrspülmaschine faßt nicht, was er so verbraucht hat, und wenn ich ihn frage:

Warum schaffst du dir keine Putze an? lächelt er und sagt:

Du bist doch da.

Diesmal hat er sich getäuscht. Ich gehe, und da es nicht weit ist zum Günthersburgpark, will ich dem Stier dort auf die eisernen Schenkel klopfen.

Das kündigt den Herbst an, sagt ein alter Mann auf der Bank und zeigt auf die vielen Maulwurfshügel.

Erst mal muß das Frühjahr kommen, sage ich und setze mich zu ihm in die Sonne.

Sind Sie auf dem Land großgeworden?

In der Wetterau, bald beginnen die Stürme.

Und da sind Sie zum Wetterfrosch geworden.

Der Mann lacht, legt mir die Hand auf den Arm.

Nein, Witwer.

Und jetzt sind die Kinder aus dem Haus und Sie sind allein.

So ist es, Herr Professor.

Ich möchte nicht so alt werden, jedenfalls nicht in dieser Gesellschaft.

So, dann sage ich Ihnen, im Alter ist einem die Gesellschaft ziemlich egal, und Wohlstand, junger Mann, Wohlstand kann man nicht verteidigen, das werden Sie auch noch merken.

Er steht auf und geht.

Wenn es so ist, werden nicht nur die Jahreszeiten wechseln.

*Die soziale Schere wird klaffen. Das gemeine Volk wird in die Fron zurückgestoßen, bekommt die Ordnung von oben nach unten wieder richtig zu spüren und muß auch noch draufzahlen. Während die Menge im Osten aus dem Grundgesetz singt, werden den Auserwählten die Oblaten auf die Zunge gelegt. Und wenn die Bomben fallen, um unsere Identität auf den Punkt zu bringen, dann wird der Supermarkt noch den Hunger stillen können, der bei den Medienspielen aufkommt, und Drogen werden als flankierende Maßnahme eingesetzt.*

Wohin, wenn plötzlich die Vergangenheit spricht und wenn sich vor mir auf der Bergerstraße Zigeunerinnen breitmachen.

Darf ich mal vorbei, meine Damen?

Eine bleibt stehen, dreht sich um, mustert mich.

Ich möchte gern vorbei!

Ich habe zwei Kinder vor mir, herrscht sie mich an.

Wütend geworden, gebe ich dem Kinderwagen einen Tritt, sie stemmt sich gegen meine Schulter. Ich stoße sie weg.

Elendes Pack! Glauben Sie, Ihnen gehört der ganze Bürgersteig!

Geh, sagt die andere.

Schäm dich, sage ich mir, als ich zur Höhenstraße komme.

In der Mitte der Straße wankt ein Penner, barfuß, den nackten Oberkörper von einer Lammfelljacke bedeckt. Er beschimpft mit erhobener Bierflasche die Autofahrer.

Ich wollte eigentlich nicht, aber jetzt besuche ich Mutter doch.

Sie zeigt oben einer Kundin Stoffe.

Die greift nach dem Preisschild.

Sie sind aber teuer.

Das muß am Wetter liegen, sagt Mutter und hängt die Bahn weg.

Die Kundin würdigt sie keines Blickes, geht die Treppe runter, stößt vor dem Spiegel einen Schrei aus und zeigt auf ihre Bluse.

Ich habe mich bei Ihnen schmutzig gemacht! ruft sie.

Das ist gratis, sagt Mutter, kommt die Treppe herunter und sagt zu mir:

Du auch noch?!

Die Kundin ist mit dem Satz:

Sie werde ich nicht weiterempfehlen! aus der Tür gerauscht.

Ich brauche frische Luft, sagt Mutter, geht auf die Straße und verschließt den Laden.

Da, wo der Betrunkene stand und die Autofahrer beschimpfte, hat es einen Auffahrunfall gegeben. Betroffene haben sich gesammelt, um es der Polizei zu Protokoll zu geben.

Der Betrunkene liegt tot auf der Straße. Die Menschen am Straßenrand eint das gemeinsam erlebte Ereignis, und das Gerede will kein Ende nehmen, denn wie schnell geht der Tod vorbei, und jeder steht allein unter der Laterne, würde Opa sagen.

Nur einer ist mißtrauisch und warnt: Bald bringen wir uns gegenseitig um.

Mutter setzt die Sonnenbrille auf, hastet zur Kreuzung, schafft die Ampelphase. Sie fängt den Blick einer Runde Ausländer auf, verfolgt ihr Spiegelbild im Schaufensterglas. Sie weicht einem Fahrradfahrer aus, greift zur Umhängetasche, öffnet sie, bleibt stehen, nimmt die Börse und kontrolliert das Geld. Am Büdchen trinkt sie einen Cognac.

Im Café *Gegenwart* bestellt sie eine Suppe. Sie bemerkt Armin erst, als neben ihr der Stuhl zurückgezogen wird.

Hast du mich erschreckt.

Sie schiebt die Suppe weg, zündet sich eine Zigarette an.

Warum sagst du nichts? fragt sie ihn.

Was willst du?

Ich weiß nicht mehr, was ich tun soll.

Du willst mich.

Das stimmt nicht.

Aber ich habe dich satt.

Du bist gemein.

Essen Sie die Suppe noch? fragt die Kellnerin, als Armin aufgestanden ist.

Mutter schüttelt den Kopf.

Ich möchte zahlen.

Opa betritt das Café in der Schirn und sagt:

Heute liegt ein Geruch von Sperma in der Luft.

Das Paar am Tisch sieht erst Opa, dann sich an.

So genau wollen wir es nicht wissen, sagt die Frau.

Wie stehen denn Sie zur Abtreibung? fragt Opa. Befürworten Sie die Tatort- oder die Wohnortlösung?

Der Mann winkt dem Kellner.

Oder sind Sie Pazifisten?

Wir möchten zahlen.

Opa holt den Fotoapparat aus dem Rucksack.

Aber wenn Sie für unseren Einsatz am Golf sind, darf ich Sie dann mit der deutschen Flagge fotografieren?

Der spinnt doch, sagt der Mann.

Und die haben Sie bei sich? fragt sie.

Opa stellt einen schwarz-rot-goldenen Wimpel auf den Tisch.

Sie lacht, der Kellner kassiert, der Mann zählt das Wechselgeld.

Mutter friert.

Hast du nichts mehr zu trinken? frage ich.

Sie geht in ihr Zimmer.

Tut mir leid, sage ich in der Tür.

Du hast ja recht, ich trinke zuviel.

Kein Wunder, du denkst ja auch an nichts anderes.

Das ist nun wirklich keine Erklärung.

Willst du allein sein?

Wenn es dir nichts ausmacht.

Dir ist sowieso nicht zu helfen.

Wenn ich weg bin, wird sie die Heizung aufdrehen, Milch in einen Topf gießen, Puddingpulver und Zucker verrühren. Sie wird der Gebrauchsanweisung auf der Pakkung folgen und den fertigen Schokoladenpudding in eine Schüssel füllen.

Im Bad läßt sie Wasser einlaufen, wählt Lavendel als Badezusatz, schiebt den Hocker neben die Wanne. Die

Schüssel mit dem Schokoladenpudding stellt sie auf den Hocker. Im Wohnzimmer legt sie *Roxy Music* auf, läßt auf dem Weg zum Bad den Morgenmantel von sich gleiten. Sie steigt in die Wanne, legt den Kopf zurück – *cities may change* – greift zum Pudding, kein Löffel.

Nein! ruft sie, kuschelt sich ins Wasser, stöhnt, will schon aufstehn, läßt heißes Wasser nachlaufen.

Ich will nicht!

Sie hält sich die Nase zu, taucht unter.

Löffel, sagt sie, als sie den Kopf aus dem Wasser hebt.

Sie steigt aus der Wanne, wickelt sich in ein Badetuch. Sie nimmt den Pudding, stellt ihn in der Küche auf den Tisch. Aus der Speisekammer holt sie eine Flasche Rotwein, entkorkt sie, holt ein Glas vom Bord und geht zurück ins Bad.

Aus dem Wohnzimmer holt sie das Telefon, legt sich wieder in die Wanne. Sie läßt noch mal heißes Wasser nachlaufen, gießt Wein ins Glas, trinkt, greift zum Hörer, wählt.

Er muß dasein, es ist doch heute kein Training.

Sie drückt auf die Gabel, wählt wieder, horcht, legt auf.

Also doch.

Sie gleitet zurück, hält den Atem an. Sie richtet sich auf, greift zum Hörer, wählt.

Entschuldigung, da hab ich mich verwählt.

Sie legt auf, schlägt mit den Fäusten auf das Wasser, weint. Sie angelt nach dem Handtuch, wischt sich die Tränen, steigt aus der Wanne, streicht sich das Haar zurück.

Sie hebt den Morgenmantel im Flur auf, hängt ihn in ihrem Zimmer an die Tür. Sie geht zurück ins Bad, bürstet ihr Haar, geht in ihr Zimmer, zieht den Morgenmantel über und setzt sich im Wohnzimmer auf das Sofa.

Sie faßt sich an den Kopf.

Natürlich!

Sie geht zum Telefon, wählt.

Ich möchte nach Hamburg buchen.

Heute!

Den nächsten Flug.

Moment.

Sie läuft in die Küche, sieht auf die Uhr.

Hören sie, das ist o.k.

Das weiß ich noch nicht.

Sie holt einen Kugelschreiber aus der Dose auf der Kommode, notiert den Code, legt auf. Sie geht ins Bad, bürstet sich die Haare. Sie geht ins Wohnzimmer, ruft ein Taxi, holt die Reisetasche aus dem Wandschrank im Flur, geht in ihr Zimmer, wählt ein Kleid. Es klingelt.

Moment! Ich bin noch nicht fertig!

Es klingelt wieder.

Moment!

Sie läuft in den Flur, drückt auf den Türöffner. Von draußen wird an die Tür geklopft. Sie öffnet. Armin steht vor ihr.

Ich wollte dich überraschen.

Sie fängt an zu zittern, bricht in Tränen aus.

Du hast mich betrogen.

Die Überraschung ist gelungen. Soll ich gehen?

Es klingelt wieder.

Hier ist ja was los, sagt er.

Sie drückt auf den Öffner.

Taxi!

Willst du weg?

Ich dachte, du wärst nach Hamburg gefahren.

Moment.

Armin läuft nach unten. Sie geht ins Bad, gießt sich Wein ein.

So, das wäre geklärt, sagt Armin, wieder zurück. Wo bist du?

Hier! ruft sie vom Wannenrand.

Er holt seinen Schwanz aus der Hose und hält ihn vor ihren Mund.

Laß den Wein stehen.

Hast du das bei ihm auch gemacht?

Er ist doch tot.

Aber du hast es gemacht.

Er packt seinen Schwanz wieder ein.

Sie weint. Er streichelt ihr Haar.

Trink nicht zuviel.

Ich will nicht, daß du gehst!

Sie läuft hinter ihm her, er entwischt schnell durch die Tür.

Es ist Nacht geworden auf dem Weg durch die Ringanlagen am Main. Ich zahle meinen Salat im *Schwarzen Café* in Sachsenhausen und lasse mir ein Taxi rufen.

Das Taxi bringt mich in die Eysenckstraße, ich zahle, steige aus, gehe durch den Vorgarten zum Haus, klingele, stoße die Tür auf, gehe die Treppe hoch, betrete die Wohnung.

Gustav?

Ich hole mir aus dem Kühlschrank in der Küche eine Flasche Wasser, nehme ein Glas vom Bord, gehe ins Wohnzimmer, setze mich auf das Sofa, lege die Füße hoch, ein Kissen unter den Kopf.

Gustav?

Sein Freund hat die Schiebetür geöffnet. Ein Kanarienvogel fliegt über seinen Kopf und setzt sich auf die Kommode.

Wer ist da? ruft der Freund des Freundes.

Woll, der geht gleich wieder!

Ist Gustav nicht da?

Er schüttelt den Kopf.

Noch was? fragt er.

Wichser, antworte ich.

Dem würde ich nicht trauen, höre ich den Freundesfreund im Flur.

Ich habe es nicht weit von der Eysenckstraße zu mir. Ich gehe den Mittelstreifen runter, überquere die Straße zum Holzhausenpark und versuche, ein hupendes Autos mit ausgestreckter Hand zum Schweigen zu bringen.

Im Sommer wimmelt es auf dem Rasen wieder von Müttern mit schreienden Kindern. Dann muß ich über Decken gehen, durch Glückskreise, und die Empörung darüber mit kalten Blicken ersticken.

*Vielleicht sind Kriege und Katastrophen deshalb so beliebt,* hat Vater hinterlassen, *weil sie die Wiedergeburt unterbrechen und die Illusion gestatten, daß endlich Schluß ist mit der Schose, wenn der Main über die Ufer tritt und der Urschrei heißt: Wasser marsch!*

*Insofern ist es gut, daß ein Land, dessen Auferstehung aus Ruinen hymnisch besungen wurde, aufgehört hat zu existieren. Das gibt Hoffnung, daß auch die Urknallenergie einmal verbraucht sein wird und wir für immer im Nirwana verschwinden.*

*Und wenn die Friedensglocken läuten, wird der Papst nach Osten vorausgeschickt, um übertriebene Erwartungen zu verhüten. Er läßt die Not gen Himmel fahren und veranstaltet eine Kollekte zugunsten des Rußlandfeldzuges.*

Wenn Opa die Kamera bereit gelegt, die Brote für eine längere Safari geschmiert hat, gießt er den Rest Tee vom Frühstück in die Thermoskanne. Den Proviant verstaut er in seinem Rucksack, und wenn er mein angeödetes Gesicht sieht, setzt er sich noch mal. Dann erzählt er eine Geschichte.

Von einer Katze erfahre ich, die er Kokino nannte. Sie hatte einen steifen Hinterlauf, den sie nachzog. Der Vorderlauf war bloß bis auf die Knochen und mußte, zum Schutz gegen Entzündung, beständig geleckt werden. Wenn sie sich anschlich, zum Sprung ansetzte, sprang und scheiterte, rief er ihr zu: Man versucht es eben immer wieder!

Kokino! rief er, wenn es Fisch gab, Opa vom Anleger in Agia Anna kam, etwas vom spärlichen Fang abbekommen hatte und sie ihren Teil kriegen sollte.

Kokino! rief er, wenn es Käserinden vom Frühstück gab.

Käse gab es da, wo er den Thymianhonig vom Faß kaufte. Als er den Laden zum ersten Mal betrat, fühlte er sich in die Vorkriegszeit versetzt.

*Horiste*?!

Er trat näher, stolperte fast über einen Sack mit Nüssen und stieß an ein Faß mit Oliven.

*Tiri, parakalo.*

Die Frau hinter dem Tresen sprach weiter mit den beiden anderen Kunden im Laden, zeigte dabei auf ein paar angeschnittene Laibe hinter und vor sich.

*Afto*, sagte er, zeigte auf ein Stück, das ihm vertrauenswürdig schien, und bekam den halben Laib eingepackt.

Kokino! rief er, wenn es weder Fisch noch Käserinden gab, sondern Zuwendung, aber aus Distanz, denn sie war scheu. Berührt hat er sie nie, und sie ihn auch nicht. Nur einmal, als er nachts aufwachte, weil es unter seinem Bett nagte und im Raum nach Verwesung roch, wäre es fast dazu gekommen. Er ging der Sache mit der Taschenlampe nach, sah Kokino, ganz Beutestolz, vor einer Ratte sitzen. Mit dem Kescher, der neben der Haustür hing, holte er die stinkende Ratte unter dem Bett hervor.

Kokino fauchte und schlug nach dem Kescher. Er warf die Ratte, was nicht sehr klug war, unten zum Abfall. Er schloß, bevor er sich wieder schlafen legte, zur Strafe auch die obere Hälfte der Tür. Er vergaß es aber nachts darauf und hatte wieder Streit wegen der Ratte.

Weil er die Gabe auch diesmal nicht angenommen hatte, war sie gekränkt und ließ sich nicht blicken.

Kokino! rief er, aber sie blieb für immer aus. Die Bauern waren auf der Jagd und schossen auf alles, was sich bewegte. Eine räudige Katze war gut zum Üben. Vielleicht hatte man sie auch – mit vielen anderen – eingefangen und im Meer ertränkt.

Er glaubte, niemand habe sein Rufen gehört, doch als eines Tages Thanasis mit geschultertem Gewehr vorbeikam, ihn auf der Terrasse dösen sah, rief er zu ihm hoch:

*Yassu* Kokino!

Dann verschwand er hinter den Wänden seines Hauses aus Steinen und Felsbruch, das noch Bambusdecken hatte, die mit Seetang, Bimsstein und Lehm aufgefüllt waren und von Trägern aus Agavenstämmen gehalten wurden.

Er hörte ihn in der Küche rumoren, wo Dimitrula im Sommer kochte.

Er stieg auf den Fels, in dessen Schutz das gemietete Haus kauerte, formte die Hände zum Sprachrohr, und rief hinunter zum Meer:

Kokino!

Mutter tut mir leid.

Tu doch mal was, sagt sie immer wieder, dabei habe ich gerade Wagner für mich entdeckt, aber dazu sagt sie kein Wort.

Irgendwie gehen die Geschäfte schlecht, anscheinend stagniert der Futonverkauf, und auch der von Stoffen für Bezüge. Sie muß im Laden bedienen, weil die beiden Verkäufer krank geworden sind. Sie verhandelt mit der Bank über einen höheren Kredit, weil sie groß Werbung für ein neues Bett machen will. Von morgens bis nachts hängt sie im Geschäft.

Mußt du dich denn um alles kümmern? frage ich sie manchmal, wenn sie Zeit zum Mittagessen hat und wir uns zufällig treffen, zum Beispiel beim Italiener am Kornmarkt.

Meine Angestellten sind wie du. Sie bleiben unbeteiligt. Sie denken nur an den Feierabend, und anstatt daß sie mir Arbeit abnehmen, muß ich ihre Fehler ausbügeln.

Warum entläßt du sie nicht?
Soll ich mich darum auch noch kümmern?
Wenn ich Armin frage, was er davon hält, sagt er:
Sie muß Sport treiben und regelmäßig zu Mittag essen.

Armin sieht bestimmt wieder fern. Ich kenne das. Nach dem Joggen im Park rennt er nach Haus, setzt Wasser für Tee auf. Er duscht, füllt das verdampfte Wasser nach, stellt den Fernseher an und gerät in die Serengeti.

Witternd hebt er den Kopf, geht in sein Schlafzimmer, wo er am Kopfende des Bettes, von der Decke fast verborgen, die Obstschale mit einem faulenden Apfel entdeckt.

Er schmeißt ihn in der Küche in die Plastiktüte mit dem Müll, füllt noch mal das verdampfte Wasser nach. In der Savanne rücken drei Gepardenbrüder vor. Er gießt das kochende Wasser in die Kanne. Sie prügeln auf einen Geschlechtsgenossen ein und halten die Schwester in Schach. Armin schaltet zum Sportkanal. Im Tierreich verlassen die Brüder den Kampfplatz, und das Zwillingspaar, eng aneinandergekuschelt, leckt sich.

*Jetzt, wo die Republik enger geworden ist, die Vergangenheit aus dem Schatten tritt, das Bewußtsein verdunkelt, die Gedanken schwärzt und die Herzen versteinert, kein Platz mehr für das Zusammenleben ist, die eigene Grabstätte als höchstes Ziel ausgerufen und der Totentanz zur herrschenden Kultur wird, jetzt ist es Zeit, die Heiligtümer zu zerstören und im Kampf die Nähe zu finden, die der Alltag versagt.*

Mit Mehmet bin ich rückfällig geworden, als er an einem Morgen sagte: Sieh mal, er steht immer noch.

Er besuchte mich unregelmäßig, meistens nachts.

Mehmet? fragte ich dann durch die Sprechanlage.

Bist du da? fragte er zurück, und ich wußte, er war wieder breit. Ich drückte auf den Öffner, es würde dauern, bis er kam, bis er Stufe um Stufe geschafft und sich am Treppengeländer wieder aufgerichtet hatte, wenn er zusammengesackt war.

Er setzte sich in der Küche an den Tisch, versuchte, sich eine Zigarette zu drehen, fiel dabei zur Seite und fast vom Stuhl. Der Tabak fiel vom Blättchen auf den Boden. Er holte neuen Tabak aus der Packung, und das Spiel begann von vorn.

Geh doch ins Bett, sagte ich, du schaffst es nicht mehr.

Er straffte sich und sagte mit starrem Blick:

Ich bin vollkommen *clean.*

Er stand auf, spreizte die Beine und sagte:

Und heute fick ich dich, wie du noch nie im Leben gefickt worden bist.

Du kriegst doch keinen mehr hoch.

Einmal hatte ich auf dem Klo, unter dem Deckel des Wassertanks, ein Depot mit Löffel, Spritze und drei *packs* entdeckt und ihm das Zeug aufs Bett geworfen.

Was soll ich damit? fragte er *cool.*

Weil er weder Papiere noch eine Aufenthaltsgenehmigung hatte, ging ich mit ihm zum türkischen Konsulat, dann zum Ordnungsamt. Als wir die Mainzer Landstraße überqueren wollten, hielt ich ihn zurück.

Ich weiß nicht, ich finde die Idee doch nicht so gut.

Glaub mir, der Herr Matthes freut sich, das ist ein netter Mensch.

Mehmet holte ein Spielzeugauto aus seiner Jackentasche.

Sein Büro ist voll von Autobildern, er gibt mir bestimmt wieder Aufenthaltsgenehmigung.

Er zog mich über die Straße. Im zweiten Stock suchten wir vergeblich nach dem Schild von Herrn Matthes an einer Tür.

Hier war es.

Da steht Binger.

Frag doch mal.

Wir klopften, ich öffnete im gleichen Augenblick die Tür und sagte:

Entschuldigen Sie, wir suchen Herrn Matthes.

Herr Matthes ist Oberinspektor geworden.

Wir kommen wegen einer Aufenthaltsgenehmigung.

Wer ist wir?

Mehmet trat vor den Schreibtisch.

Mein Name ist Mehmet Kezban, sonst habe ich immer mit Herrn Matthes gesprochen.

Und wer sind Sie?

Ich bin sein Freund.

Dann warten Sie bitte draußen.

Ich will ihm doch nur helfen.

Wenn das nötig sein sollte, rufe ich Sie.

Ich verließ den Raum.

Und? fragte ich, als Mehmet aus der Tür kam.

Abwarten, er will meine Akte anfordern, dann gibt er Bescheid.

Da bin ich gespannt.

Heiraten können wir immer noch.

Wir fuhren zum Arbeitsamt, von dort zur Sozialstation für Suchtabhängige in der Berliner Straße.

Im Treppenhaus zum Warteraum standen Raucher, sahen einem Besoffenen zu, der auf den Stufen lag und versuchte, in eine der Büchsen vor ihm zu pissen. Eine Frau war über ihn gebeugt, versengte dabei mit der Zigarette seine Haare, griff ihm in die Brusttasche und sagte:

Wo hast du denn das Geld, du Penner.

Wir stiegen über sie hinweg. Mehmet zog im Flur eine Marke, ich warf einen Blick in den Warteraum. Ein Freilandgehege wie die Taunusanlagen war das nicht. Hier gab es keinen Himmel, der den Blick offenhielt, kein Grün, das Hoffnung versprach.

Eh, du bist das.

Eine Frau, die an ihren Haaren zwirbelte, stieß ihre Nachbarin an, nachdem ein Name aufgerufen worden war.

Bist du sicher? fragte die, ohne aufzusehen, denn sie hatte auf den Stuhl neben sich ihre Tasche geleert und wühlte in ihren Habseligkeiten.

Du heißt doch Henschel.

Weiß ich nicht.

Frag doch mal nach.

Wo denn?

Ich drehte mich um, sagte zu Mehmet:

Hier kannst du allein warten, und ging. Ich hatte es satt, und wenn Mehmet abstürzen wollte, dann ohne mich.

Doch an dem Tag, als er voller Stolz seinen steifen Schwanz vor sich her trug und dann auf türkisch ein Liebeslied auf meiner Brust sang, verlangte das Glück nach Steigerung, und das war ein Druck.

Das war, als Gustav seinen Anteil am Futonladen an Mutter verkaufte, gegen den Widerstand aus der GmbH. Die anderen Mitglieder meinten, eine Frau würde Zwietracht säen, was dann ja auch geschah.

Gustav wohnte nicht mehr in der Mainkurstraße, er hatte eine Wohnung über dem Büro hinter dem Laden. Er merkte natürlich, daß ich wieder drauf war, und diesmal gab ich es auch zu.

Willst du jetzt deine Eltern bestehlen? Oder hast du schon mit Mehmet einen Bruch geplant? fragte er.

Du kannst mich ja schlagen, wenn du willst.

Hast du diese Haltung von ihm?

Was soll ich denn tun?

Das hast du doch nicht mehr in der Hand!

Liebst du mich nicht mehr?

Denk ja nicht, daß ich dich im Knast besuche.

Er tat es auch nicht, das ganze Jahr über, als ich von Preungesheim nach Gießen verlegt wurde. Damit hatte ich nicht gerechnet.

Er ist jetzt in die Eysenckstraße gezogen, sagte Mutter, als sie mich besuchte.

Vorher hatte sie einen Scheck in dem Elektrogeschäft gelassen, das in die Anstalt lieferte, und ich bekam den Fernseher, um den ich sie gebeten hatte.

Was soll die Scheiße, sagte Armin, als ich den Fernseher verkaufte, um mir *H* zu besorgen, das kennst du doch nun.

Ich kannte das seit Jahren, da hatte er recht.

*Niemand singt mehr das Lied* Komm, lieber Tod, und tanz mit mir. *Man hat Angst vor ihm, denn die Maschinen, die dem*

*Menschen helfen sollen, verbrauchen alle Kraft. Der Leichenfraß geht um, die Arten sterben aus, und in den vordersten Reihen windet sich das Publikum.*

*Die USA wollen die Sowjetunion schwach sehen und bohren in der baltischen Wunde. Sie bekunden ihren guten Willen hinter vorgehaltenem Sheriffstern und vertrauen dabei ihrem Sendungsbewußtsein.*

*Natürlich ist die Pose, die das europäische Drama im Zuge der Aufklärung an Amerika vergeben hat, ebenso verbraucht wie jene Gegendarstellung, die als Oktoberrevolution eine kurze Blüte feiern konnte.*

*Jetzt, wo guter Rat unbezahlbar geworden ist und deshalb über eine Renaissance Europas gesprochen wird, jetzt muß Genschman her, ein überragender Hauptdarsteller, der als Doppelbesetzung die gespaltene Stimme zu einem Zungenschlag vereint, an dem die Welt zwar nicht genesen, wohl aber irregeführt werden kann im Glauben an Friede und Freundhaft.*

*Völker der Welt, schaut auf diesen Wohlstand, wird dann die Botschaft heißen, und alle werden kommen und im Schatten dieser Verheißung die Visumspflicht abstreifen.*

Laß das mal nach, Junge, sagt Opa, wenn ich mich gar nicht vom PC lösen kann, wo ich Vaters Disketten lese.

Er hatte recht.

Darum geht es dir doch nicht.

Aber es ist Krieg.

Krieg ist immer. Ich nehme jetzt ein Bad, dann gehe ich schlafen, und wenn ich aufwache, öffne ich das Fenster, um durchzuatmen. Ich sehe den Schnee vom Dach rutschen und beobachte die anfliegenden Tauben. Die Kohlmeisen picken beim Nachbarn im Futterring. Ich putze mir die Zähne, wasche mein Gesicht und kämme mir die Haare.

Und wenn die Welt kleiner werden sollte, weite Gebiete verwüstet sind und viele Menschen tot, Vernichtung um sich greift, das Atmen schwerfällt, die Vögel vom Himmel fallen und das Wasser nicht mehr fließt, dann werde ich sterben.

So einfach ist das? frage ich, aber Opa hört mich nicht mehr.

Wenn das so ist, dann schlage ich vor, bei Vollmond ein Fest zu feiern. Für jeden abgetriebenen Fötus soll ein Baum gepflanzt, ein Korn gesät und Samen ausgestreut werden. Ein ausgewähltes Paar soll einen Umlauf lang die Fortpflanzung repräsentieren. Und wenn das Buffet eröffnet ist, gegessen und getanzt wird, dann gehe ich auf die Bühne und rufe:

So geht das nicht!

Ich scheuche die Trachtengruppen in den Hintergrund und nehme Frau Venus bei der Hand.

Sie reihen sich erst unter das Volk, wenn die Föten an der Wand verschwunden sind.

Zum Paar sage ich:

Und ihr kniet erst dann nieder und setzt das Bäumchen ab, wenn das Volk hinter euch steht. Bitte noch mal in die Ausgangsposition.

Ich verlasse die Bühne, gehe hinter den Monitor.

Mond!

Über der Bühnenmitte erstrahlt der Vollmond und beleuchtet die Trachtengruppen. Sie drehen sich langsam um, halten Körbe mit Saatgut ins Licht und schreiten säend nach vorn.

Langsamer!

Das Paar, er von links, sie von rechts, die Hände nacheinander ausgestreckt, setzen zögernd einen Fuß vor den anderen.

Kamera zwei!

Gegenaufnahme von hinten.

Podium!

Frau Venus, mit einem Eichenschößling in der Hand, kommt aus der Versenkung.

Kamera drei!

Totale aus der Mondperspektive. Venus hält dem Paar den Schößling entgegen, das Paar streckt die Hände aus.

*Zoom!*

Der von sechs Händen umfaßte Schößling in Großaufnahme.

*Cut!*

Der Mond erlischt, und auf der Großleinwand flimmern in schnellen Schnitten abgetriebene Föten.

Und wenn die Stimmung ausufert, laufen alle auf die Straßen und stoppen den Verkehr. Sie holen die Leute aus den Autos, verprügeln sie, laufen weiter und plündern Geschäfte. Sie legen Feuer und ziehen unter Helau-Rufen weiter.

Wieder in der Hochburg, klingt das Fest aus. Als ein Wiener Walzer ertönt und sich alle im Kreise drehen, der Feuerschein der brennenden Häuser mein Gesicht beleuchtet, sehe ich Mehmet.

Da, wo Reiter ihre Pferde antreiben und einem Mann

entgegenjagen, der die abspringenden Männer mit ausgestreckten Armen empfängt. Sie küssen ihm die Hände und reiten in seinem Gefolge zurück.

Vor den Jurten warten die Stammesmitglieder mit Geschenken, jubeln beim Hufschlag, und als Mehmet vom Pferd springt, rasseln die Frauen mit Armreifen, die Männer schießen Pfeile ab, springen dabei, so hoch sie können. Die Kinder ahmen den Laut ihres Totemtieres nach.

Mehmet geht von Jurte zu Jurte, berührt die Gaben, die vor ihm niedergelegt werden, stellt sich in die Mitte des Stammes. Er ruft Frau und Kind zu sich und schmückt sich mit dem Fell eines Schneeleoparden, das sie ihm gereicht haben.

Er zieht seinen Dolch, zeigt mit der Spitze auf den fernen Berg, von dem er gekommen ist. Er zeigt auf sein Herz, dann nach Westen, wo die untergehende Sonne Frieden verheißt.

Stille. In den Gesichtern der Männer herrscht Ratlosigkeit. Die Frauen sind betroffen und ängstlich, als die Kinder plötzlich zu weinen anfangen.

Der Tod feierte mit, und als nach dem letzten Tanz der Morgen graut, wird der Kreis aufgelöst. Mehmet streut nach alter Sitte die Reste des Feuers in alle Himmelsrichtungen. Manch einer der Männer ist stehengeblieben, um den Aschenfall zu deuten. Dann gürten sie ihre Waffen, beladen ihre Pferde mit dem, was die Frauen vorbereitet haben, und brechen auf.

Mehmet hebt die Hand. Eine Schneefront, die zunächst von Norden zu kommen scheint und jetzt von allen Seiten droht, beendet den Ritt.

Kein Rufen hilft, wie Watte umschließt der Schnee Mensch und Tier. Als ich ihn finde, ins Lager bringe, so, wie es sich gehört, zeigt er auf das Ende des Ganges.

Gibt es da was zu essen?

Du sollst erst mal duschen, sage ich.

Wird man davon satt?

Sauber.

Mehmet bleibt stehen.

Wieviel Prüfungen muß ich noch machen?

Das ist die letzte.

Ich öffne die Tür zum Duschraum. Mehmet erschrickt, faßt sich.

Hier will ich nicht sterben.

Ich ringe die Hände, stelle eine Dusche an, und, als Mehmet zögert näherzukommen, noch eine und noch eine.

Mehmet geht von Dusche zu Dusche, fängt Wasser mit den Händen auf und reicht es mir.

Ich tröpfle es auf seinen Kopf. Mehmet lacht.

Du auch, sagt er.

Auch ich fange Wasser mit den Händen auf, reiche es Mehmet, und er schüttet es mir auf den Kopf.

Jetzt mußt du aber duschen, sage ich.

Noch mal?

Nein, du sollst dich ausziehen, deine Wäsche kannst du dort hinlegen, und dich waschen.

Mehmet legt seine Kleider auf die Bank, geht zu den Duschen, wartet.

Komm.

Ich gehe zu ihm.

Warum bist du nicht nackt? fragt er.

Als Mutter mich wiedersah, rief sie ganz entsetzt:

Mein Gott, du bist ja tot.

Das machte mir nichts aus. Ich ging wieder zu Gustav in die Mainkurstraße, und als er mich fragte, wo ich gewesen bin, erzählte ich ihm, ich hätte Ingrid im Bethmannpark getroffen.

Und warum hast du sie nicht mitgebracht?

Die war wie abwesend. Hallo, Ingrid, fragte ich, wie kommst du denn hierher?

Ich bin schon in Frankfurt ausgestiegen, sagte sie.

Wo hast du denn dein Gepäck? fragte ich weiter.

Das brauche ich nicht mehr, ich bin ja allein, sagte sie.

Wie geht es Klaus? fragte ich.

In Hamburg bin ich auch allein, sagte sie. Klaus fährt zur See.

Merkwürdig, sagte Gustav.

Dann habe ich sie zum Bahnhof gebracht, sie wollte zu Herta nach Freiburg.

Herta, sagte er nur.

Er war immer noch eifersüchtig. Da ist Armin von ganz anderer Art.

Wo bleibst du? Ich bin so geil! rief er, als er mich zum ersten Mal in der Fürstenbergerstraße besuchte.

Als ich aus dem Bad kam, lag er schon mit steifem Schwanz auf dem Bett.

Du hast wieder gewichst, sagte ich, er ist ja schon wund.

Armin seufzte:

Was soll ich machen, wenn du mich warten läßt.

Er wälzte sich auf mich.

Oder bist du etwa verliebt in mich?

Ich will dich auch mal ficken, sagte ich.
Was?
Dann besorge ich dir über Gustav einen Kredit.
Meinst du, du kannst das?
Er rollte sich ab und legte sich auf den Bauch.
Nun mach schon.
In dem Augenblick klopfte Mutter und machte die Tür auf.
Mama! rief ich.
Du hast Besuch?
Wie man's nimmt, sagte Armin.
Bleiben Sie länger?
Was willst du? fragte ich.
Setzen Sie sich doch, sagte Armin.
Kennen Sie meinen Sohn schon länger?
Mutter, du gehst jetzt.
Sie wollte Armin die Hand geben, ich scheuchte sie weg.
Deine Mutter gefällt mir, sagte er, als sie die Tür geschlossen hatte.
Geld hat sie auch, sagte ich.

Ich sehe Gustav. Er besucht seine Mutter in Dötlingen.
Wenn er wieder in seinem Kinderzimmer ist und nicht gleich die Stufen runterspringt, wenn seine Mutter ruft, erst beim zweiten Ruf geht, steht sie am Fuß der Treppe und weint.
Aber ich bin doch da, sagt er dann.
Sie wohnt nicht direkt im Dorf. Wenn er einkaufen will, dann muß er das Fahrrad aus dem Schuppen holen, wie früher, wenn seine Mutter rief:

Immer machst du alles in letzter Minute.

Sie zog ihm die Pudelmütze über die Ohren, er machte die Ohren wieder frei. Er griff nach den Pulswärmern, den Handschuhen, dem Ranzen und lief zum Schuppen.

Der Weg steigt immer noch an. Früher hat ihm das nichts ausgemacht, obwohl er nicht geteert war, sondern mit Schlacke aufgefüllt. Besonders tückisch war das nach Frost, wenn er in eine der Treckerspuren kam und stürzte.

Die Buchenhecke, die damals der alte Pastor Melle geschnitten hatte, als er im Ruhestand war, ist hochgeschossen. Wie Reisig sticht sie nach den Eichen- und Buchenkronen. Der Wald gegenüber ist jetzt mit Draht eingezäunt, und als er seine Mutter fragt:

Wozu denn das? sagt sie:

Damit ihm seine Heidschnucken nicht weglaufen.

Sie hält auf Distanz, auch zu den Nachbarn nebenan. Wenn Gustav auf die Tannen zeigt, die meterhoch und doppelreihig die beiden Grundstücke trennen, fragt:

Warum läßt du die scheiß Dinger nicht fällen? Die nehmen doch das ganze Abendlicht, schüttelt sie nur den Kopf.

Er packt die Sachen aus, die er im Dorf gekauft hat. Seine Mutter ist in die Küche gekommen und sieht ihm zu. Als Butter, Milch, Gemüse, Quark, Marmelade, Brot, ein Hähnchen und Käse auf dem Tisch liegen, fragt sie:

Noch was?

Er holt noch zwei Packungen Kekse aus dem Karton, denn nachmittags zum Kaffee hat sie gern etwas Gebäck.

Nicht mehr? fragt sie.

Was hast du denn erwartet?

Sie sagt nichts.

Was denn? fragt er nach.

Sie geht zurück ins Wohnzimmer. Er stellt das Wasser im Boiler an, packt die Sachen weg. Er holt den Abwasch aus dem Becken und ordnet ihn auf dem Tisch, so, wie auch sie es immer machte. Erst Gläser und Tassen, dann Untertassen, Teller, Schüsseln, Besteck und Töpfe.

Er sieht noch mal nach ihr. Am Rand vom Sofatisch liegt der *Stern*, der Platz, wo sie die ausgelesenen Hefte hintut.

Bist du schon fertig damit?

Der ist alt.

Den habe ich dir gestern gekauft.

Ach was.

Doch, sagt er, und zeigt mit dem Finger auf das Datum.

Sie sieht nicht hin, sagt:

Ich weiß Bescheid.

Gar nichts weißt du.

Wütend verläßt er das Wohnzimmer, dann tut es ihm leid, er geht noch mal zurück, setzt sich zu ihr aufs Sofa.

Ich koche jetzt.

Nach dem Essen will er spazierengehen.

Bleibst du lange weg? fragt seine Mutter.

Ich geh in den Poggenpohl und wieder zurück.

Der Poggenpohl ist immer sein Rückzugsgebiet gewesen. Da ist er abends mit dem Rad hingefahren, wenn schon der Nebel hochstieg und die Rehe von den Wiesen über die Gräben ins ausgewiesene Naturschutzgebiet wechselten. Einmal hat ein maul-und-klauen-verseuchter Fuchs torkelnd seinen Weg nach Ostrittrum gekreuzt, als er Jürgen Korte besuchen wollte. Aber nur Meta, seine Frau, war dagewesen.

Jürgen war erst auf den Hof gekommen, als Gustav sich schon für den Heimweg aufs Fahrrad geschwungen hatte. Er mußte wieder rein in die gute Stube, sie tranken Bier und Korn, und als er nach Hause wollte, sagte Jürgen:

Du kannst jetzt nicht mehr fahren.

Soll ich hier schlafen?

Ich bring dich.

Das klang gut, fast wie der Brunstschrei, den sie als Jugendliche ausgestoßen hatten, hinter dem tosenden Wasser, das über die Schotten fiel. Damals wurde die Hunte noch gestaut, und der Wasserfall bot Schutz, wenn sie sich nackt umarmten.

Als er zurückkommt, liegt seine Mutter auf dem Sofa, die Nachbarin sitzt bei ihr, sieht auf, zieht Schultern und Brauen hoch. Die Mutter sieht ihn gar nicht, als er sich über sie beugt, dann ihre Hand nimmt.

Sie war vor die Tür gegangen, hatte nach ihm gerufen. Die Nachbarin, die gerade Holz aus dem Schuppen für ihren Herd holte, hatte zu ihrem Mann gesagt:

Ich seh mal nach ihr, und fand sie zitternd auf dem Sofa.

Der Arzt, den sie gerufen hat und der gleich gekommen ist, sagt:

Das wird öfter passieren, bei der kleinsten Aufregung, sie muß dann liegen, auch wenn sie nicht will.

Mit Hilfe des Arztes bringt er die Mutter ins Bett. Als er den Arzt verabschiedet hat, geht er die Treppe hoch in sein Zimmer.

Als er sie im Flur tapern hört, läuft er die Treppe runter.

Du sollst doch im Bett sein! ruft er.

Sie hat schon die Tür zum Wohnzimmer geöffnet.

Willst du da liegen? fragt er.

Sie setzt sich in ihren Sessel und starrt auf den Fernseher. Er holt eine Decke und hüllt sie damit ein.

Am Tag, als sein Vater starb, ging Gustav an die Hunte.

Gustav erzählte einmal davon:

Meine Mutter hatte mir von den Rheintöchtern erzählt. Den Gesang hörte ich nicht, aber vom Wasser her spürte ich ihre Hände. Ich öffnete meine Hose, denn das war es doch, was sie wollten, als nahendes Rauschen das Brausen in mir verstärkte und ich auf der Brücke den Geist des Erzengels empfing.

Als dann Manöver war von den britischen Besatzern, schlich ich abends an den Fluß, angelockt vom Geschrei der badenden Soldaten.

Einer, der mich hinter dem Erlenbusch entdeckt hatte, rief mir etwas zu. Während die Kameraden sich anzogen und ins Lager gingen, kam der Soldat mir flußaufwärts entgegen. Wir trafen uns auf der Sandbank, die dem Ufer vorgelagert war.

Wieder lachte der Soldat, und ich wurde vor Verlegenheit rot, als er meine Hand ergriff und an seinen Schwanz führte.

*You like it?* fragte er, zog mich an sich und tätschelte meinen Arsch.

*I have to go now. Tomorrow, same place, same time and don't forget to bring some eggs and ham and sausage.*

Er hob mich hoch, ließ mich auf seinem Schwanz reiten, und als er mich küßte, weinte ich vor Glück.

Von nichts war ich zu bändigen, weder vom Wasser

noch von der Luft, die mich nach Hause trug, schon gar nicht von der Nacht, die mir unsere Begegnung immer wieder vor Augen führte.

Zum Grab des Vaters bin ich nach der Beerdigung nie mehr gegangen, und als der Soldat schied und ich nicht wußte, wohin mit meinem Schmerz, ich mich so jung schon gestorben wähnte, ahnte ich, daß ich in dieser Welt nicht mehr heimisch war.

Gustav war angefangen, dick zu werden. Seine einzige Sorge war, vom Kuchenblech das meiste abzubekommen. Auch seine Schwester hatte plötzlich Appetit, und die Besitzansprüche entwickelten sich, schon während die Mutter den Teig knetete.

Für euch brauch ich noch mal eine Goldwaage! rief sie dann und schnitt den Kuchen, wenn er noch heiß war.

Gustav ging zu seiner Mutter und sagte:

Ich will mit Jonny zur See.

Sie hörte aufmerksam zu, denn vorher hatte er Gärtner werden wollen, und davor Schmuggler. Sie setzte sich dann ans Klavier und spielte so lange, bis sie glaubte, er sei eingeschlafen. Als sie die Tür schloß, hatte er schon die Decke beiseite geschlagen, holte das Geld aus der Dose, das er gespart hatte, und ging.

Jonny lebte in Wildeshausen und fuhr in Oldenburg Taxi. Er war öfter zu Besuch gekommen, als der Vater noch lebte. Dann wollte Gustav immer wieder dieselbe Geschichte hören.

Jonny nahm ihn auf den Schoß und erzählte ihm, wie er sich nach Hamburg davongemacht hatte vor dem Krieg.

Wie er von einem alten Schiffer aufgenommen wurde, erst das Deck geputzt und gewartet hatte, auf hohe See zu fahren.

Aber der Schiffer wollte nicht ablegen. Er nahm nur die nächste Flasche zur Hand, und Jonny wurde immer ungeduldiger.

Aber einmal, nachts, als der Schiffer wieder betrunken in der Kajüte lag, da lichtete Jonny den Anker und fuhr aus dem Hafen die Elbe hoch.

Gustav klatschte begeistert in die Hände, Vater und Mutter lachten, Jonny nahm Gustav bei der Hand, das gehörte zu der Geschichte dazu, und ging mit ihm vor die Tür. Gustav fürchtete sich allein im Dunkeln. Zusammen pißten sie nahe der Douglasie, und dann ging Gustav zu Bett.

Eines Tages wird er sich endgültig auf den Weg machen, und der Weg wird über die Sauerlandautobahn führen, über Dortmund und Münster ins Oldenburgische. Wenn der *Transit* die Autobahn verläßt, das Dorf durchquert, das Haus im Wald gefunden ist, wird der Schlüssel vom Nachbarn geholt. Die klammen Zimmer werden begangen, die Einrichtung gemustert. Wenn Gustav sich entschieden hat, die Kisten in den Flur, die Möbel auf den Boden zu stellen, lädt er mit Armin aus.

Ich gehe in die Küche. Als der Kaffee auf dem Tisch steht, sagt Armin zu Gustav:

Paß bloß auf, daß du hier nicht krank wirst.

Ich gehe aus dem Haus und hole die Tüte mit Keksen und Bananen aus dem Auto.

Oben kannst du nicht schlafen, die Feuchtigkeit kriegst du ohne Heizung nicht raus, und da – Armin zeigt auf das Schlafzimmer von Gustavs Mutter – paßt nichts mehr rein.

Er rückt an seine Seite.

Komm wieder mit.

Dann kommen ihre Sachen eben in den Schuppen.

In welchen Schuppen?

Da, hinter dem Haus.

Der wird darüber zusammenbrechen!

Ich will mein eigenes Bett.

Das müssen wir gleich machen, sonst ist es dunkel, sagt Armin. Er steht auf, geht ins Schlafzimmer, öffnet den Wandschrank und ruft:

Und was ist mit den Klamotten hier drin?

Die könnt ihr mit nach Frankfurt nehmen!

Ha, ha, macht Armin, das Lachen wird dir schon vergehen.

Warum?

Weil niemand mit dir lacht.

Ich stelle das Geschirr in die Spüle, öffne die Speisekammer und räume das obere Regal aus. Töpfe aus Gußeisen und Aluminium, Backformen und Bleche, angeschlagene Schüsseln und Deckel, die auf keinen der Töpfe passen.

Ich lege die Backformen wieder ins Regal, öffne das Fenster, lasse schnell den Griff los. Aus dem Busch vor mir fliegt ein Vogel. Vorsichtig schaue ich raus und sage zu Gustav und Armin, die das zerlegte Bett der Mutter vorbeitragen:

In der Tanne war ein Vogel.

Die Tanne ist eine Eibe, sagt Gustav.

Und der Vogel?

Den Vogel hast du, sagt Armin.

Dafür war er zu unscheinbar.

Ich schließe das Fenster, staple die Töpfe und Schüsseln auf dem Tisch. Ich hole Gläser mit Marmelade und einen Steinguttopf aus dem Regal.

Ein Teller, in gelbbrauner Flüssigkeit schwimmend, bedeckt den Inhalt. Ich halte die Luft an, atme durch den Mund, hole eine Gabel aus der Tischschublade und hebe den Teller.

Eingemachte Gurkenstückchen. Ich beuge den Kopf, rieche.

Ich hab was zum Probieren! rufe ich, als ich Gustav und Armin im Flur höre.

Später!

Nein, gleich!

Ich piekse zwei Gurkenstückchen auf die Gabel und bringe sie Armin und Gustav ins Schlafzimmer.

Und, kann man das essen?

Beide nicken. Ich gehe in die Küche zurück und probiere selbst.

Wozu brauchte die Frau fünf Stehlampen in ihrem Schlafzimmer? fragt Armin.

Du hast doch auch deine Marotten.

Sollen wir die Klamotten wirklich mit nach Frankfurt nehmen?

Quatsch, wir hängen sie auf dem Boden auf die Leine.

Wenn die man hält.

Erst mal auf die Treppe damit.

Ich hab keine Lust mehr.

Das hab ich schon an deinen Fragen gemerkt.

Armin macht das Deckenlicht aus und öffnet ein Fenster.

Was soll das? fragt Gustav, macht das Licht wieder an und trägt einen Schub Hemden hinaus.

Wie kann man direkt vors Fenster eine Tanne pflanzen, oder ist das auch eine Eibe?

Nein.

Woher weißt du das überhaupt?

Ich habe sie schließlich gepflanzt.

Du warst das?

Gustav zieht Armin vom Fenster weg vor den Schrank.

Da, auseinandernehmen.

Und du?

Ich seh dir zu.

Ich gehe zu den Rhododendronsträuchern hinter dem Haus. Ich pflücke eine Knospe, schäle sie, lasse sie fallen, verfolge den großen bunten Vogel, der hinter zwei Birken aufgeflogen ist.

Ich laufe durch Stall, Waschküche, Küche und Bad ins Wohnzimmer und finde im Regal ein Vogelbuch der *Büchergilde Gutenberg*.

Ich setze mich, blättere, so genau habe ich ihn schließlich nicht gesehen, stelle das Buch wieder ins Regal.

Ich gehe in den Flur, sage zu Gustav und Armin, die gerade den Schrank wegtragen wollen:

Ich glaube, ich habe einen Kuckuck gesehen.

Armin stellt den Schrank ab.

Wo brütet er denn?

Weiter! schreit Gustav.

Ich gehe wieder ins Wohnzimmer, greife wieder zum Vogelbuch. Durch das Fenster beobachte ich, wie Armin, kurz vor dem Schuppen, den Schrank absetzt.

Ich gehe in den Flur, höre die beiden kommen und sage, noch bevor sie in der Tür sind:

Kann ich euch mal zeigen, wo der Kuckuck hergekommen ist?

Kuckuck, sagt Armin zu Gustav, legt ihm die Hand um die Hüfte.

Ich gehe voran, Gustav löst sich von Armin, pißt an die Tanne vor dem Schlafzimmerfenster.

Da, sage ich, zeige über die Rhododendronbüsche.

Armin klatscht in die Hand.

Das ist er!

Das ist ein Eichelhäher, sagt Gustav.

Der weiß alles besser, meint Armin.

Armin legt mir die Hand um die Hüfte.

Ich gehe durch eine Blaubeerkolonie an den Rhododendronsträuchern vorbei zu einer Lärche. Weiter im Wald prüfe ich die Rinde einer Buche, es hätte ja was eingeritzt sein können.

Wo der Hang steil abfällt zum Flußtal, filtert ein Mischwald die Ferne. Ich suche unter den Fittichen einer Douglasie einen Fixpunkt in der Dämmerung und nehme erst jetzt das Vogelzwitschern um mich wahr.

Wenn Gustav tot ist, gehe ich den Hang hoch, auf Buchenlaub den Kamm entlang, sehe das Haus in der Sonne und rieche den nahenden Frühling.

Ein paar Schneeflocken tanzen plötzlich im Licht.

Es gibt viel zu tun, ich muß es nur wollen und nicht fragen, ob es sich lohnt.

Das Telefon ist abgestellt, ich knipse am Lichtschalter: der Strom auch. Die Tage werden heller, aber ob ich ohne Fernsehen sein kann, muß sich erweisen. Wie bekomme ich Wasser, wenn die Pumpe im Brunnen nicht mehr anspringt?

Ich gehe in die Waschküche, wo unter dem Linoleum die Zisterne liegt, in den Stall, suche und finde bei den Werkzeugen in der Krippe, wo früher zwei Schweine gefressen haben, ein Teppichmesser. Als ich den Deckel zur Zisterne hebe, sehe ich in ein Loch voller Spinnen.

Zum Trinken ist noch Wasser im Boiler. Ich gehe in den Keller, sehe in den Pumpenschacht, blicke zum Regal, auf die Gläser mit dem Eingemachten. Die Mäuse haben alle Etiketten abgefressen. Ich steige wieder die Treppe hoch, will das Licht ausmachen, schüttel den Kopf und schließe die Kellertür.

Beginnen und nicht zögern, vorher muß ich scheißen, aber gleich auf dem Plumpsklo, das im Stall gegenüber dem Schweinekoven liegt.

Es gibt im Verhältnis zwischen Zeit und Monokultur einen Faktor, darüber hat schon Vater sinniert, der die Geschwindigkeit verstärkt, und wenn ich hier meine Ruhe finden will, muß ich von den Stiefmütterchen im Frühjahr bis zu den Astern im Herbst, vom Kopfsalat bis zum Kürbis alles anpflanzen, was die Erde hergibt und was meine Kraft zuläßt.

Mit dem Staubwischen will ich warten bis zu einem Sturm und alle Fenster und Türen öffnen.

Ich kann es mir zwar nicht aussuchen, ob ich als Leitbild oder als Amöbe wiedergeboren werde, aber hoffen kann ich auf Allerleirauh, eine gute Fee oder die drei Weisen aus dem Morgenland.

Es kann auch nicht angehen, in Ewigkeit hier allein zu leben, ich werde die Sprache der Tiere lernen müssen, damit auf der nächsten Arche Noah für Unterhaltung gesorgt ist. Nicht nur zwei Schweine werde ich anschaffen, auch zwei Schafe, Hühner und unten auf der Huntewiese kann ich mir eine Kuh halten, denn einen Heuboden hat das Haus auch.

Zu den Vögeln werde ich schon am Morgen sprechen, und im Verbund mit Igeln, Blindschleichen, Eichhörnchen, Kaninchen und Rehen werden auch Menschen eine Nische finden.

Ich bin guter Dinge, eingebettet in Wiesenschaumkraut kann ich dem Nachbarn die streitbare Hand reichen, und der Sinn wird schon offenbar werden, wenn das Korn eingefahren ist, die nächste Saat im Boden liegt und im Backofen die Äpfel schmoren.

Ich werde ein Lied dazu singen, und wenn ein Chor daraus wird, verliert auch die Zukunft ihre Schrecken. Im nächsten Frühjahr ist die Angst gewichen, und Zuversicht kann im Sommer reifen.

Doch als ich mich schlafen lege, meinen Kopf in die Ewigkeit bette, höre ich über mir Schritte. Erschreckt fahre ich hoch. Welcher Geist stört die Harmonie des Innern? Ich suche meine Puschen, gehe die Treppe hoch, bleibe stehen und lausche, dann gehe ich wieder nach unten und setze mich aufs Sofa.

Mit Räucherstäbchen werde ich dieser Erscheinung nicht beikommen, das habe ich im Gefühl, und eine Kalaschnikow habe ich nicht zur Hand. Vielleicht wird Musik den Spuk vertreiben. Ich gehe zum Receiver, und als ich den Knopf drücke, fällt es mir ein, ohne Strom bin ich den Mächten ausgeliefert.

Für den Tee stehen keine Heinzelmännchen bereit, und da kein Spirituskocher zu finden ist, weder im Stall noch im Schuppen, muß ich für den Herd in der Waschküche erst mal Holz sammeln.

Ich staple das Holz von oben, setze die Ringe wieder ein, stelle den Wasserkessel darauf und zünde das Papier an, das ich unter dem Holz zerknüllt habe. Mit dem Rauch steigt das Gefühl auf, mich nützlich gemacht zu haben.

Vielleicht ist es möglich, über dem Brunnen die Handpumpe anzubringen, die am Schuppen lehnt. Die Möglichkeit vor Augen, ergreife ich den Henkel des Wasserkessels ohne Topflappen und verbrenne mich.

Bloß nichts überstürzen, ist die Lehre, die ich ziehe. Den Couchtisch habe ich ans Sofa gerückt, den Tee daraufgestellt, und als ich mich zudecke, vermisse ich eine Hand um meine Hüfte. Bloß nicht sentimental werden. Anlaß dafür wird es noch genug geben.

Wohin mit den Apparaten, deren Bedienung nicht mehr nötig ist, aber deren Anblick ein Verlangen nach verlorener Zeit weckt. In der einen Ecke des Wohnzimmers steht der Fernseher mit Zweikanalton und Stereoempfang, darüber der Videorekorder, schräg gegenüber ist die Musikanlage, und im Bücherregal daneben liegen die Fernbedienungen.

Oben hat Gustav seinen PC hingestellt, der wird sich gut für ein Museum eignen. Ich gehe zum Bücherregal, nehme die Fernbedienung für den CD-Player in die Hand, glaube, das Geräusch der sich öffnenden Lade zu hören, die Musik einer Freizeit, auf die ich jetzt verzichten muß.

Ich stülpe den Kopfhörer über, der am Bücherregal hängt. Er muß für Gustav, der keine Rücksicht auf Nachbarn zu nehmen brauchte, ein ganz intimes Instrument gewesen sein.

Wenn die Vögel im Sommer aufhören zu singen, werde ich die Mundharmonika spielen, die in einem Etui neben dem Atlas im Regal liegt. Das Etui ist in Schlesien angefertigt, in Liegnitz, muß also die Flucht mitgemacht haben und ein Erbstück von der Mutter sein.

Das Haus birgt Geschichten, die ich mir ausmalen kann, wenn die Abende lang werden oder die Sonne jenseits der Wolken scheint und die Dämmerung vorwegnimmt, so wie jetzt. Ich höre Regen am Fenster, die Weißröckchen kommen nicht mehr geschneit, und ich werde mir was einfallen lassen müssen, um die klammen Räume warmzubekommen.

Da, wo früher mal der Ofen stand, ist das Loch zum Schornstein längst zugemauert worden, aber die Nachtspeicherheizung ist jetzt als Alternative nutzlos. In seiner Kindheit hat Gustav Höhlen in die Erde gebuddelt, um Geborgenheit zu finden. Im Haus ist ein Dach notwendig, aus Woll- und Bettdecken über Matratzen, die ich von oben holen muß.

Ich halte inne, bevor ich das Laken ausbreite. Wenn

diese Art Bewegung Leben verspricht, ist es dann nicht besser, mit einer Hand abzureißen, was ich mit der anderen aufbaue?

Als ich weder Hunger habe noch Durst, die Augen schon geschlossen sind, höre ich es am Fenster klopfen. Wie schön, glaube ich zu sagen, wenn der Tod mit dem Schlaf kommt.

Darf ich jetzt mal? fragt Opa.

In Libyen gab es einen König, der hieß Idris, und als Gaddafi putschte und an die Macht kam, stockten die alten Beziehungen mit den Europäern. Ein Engländer, Sean hieß er, der dort auf einem Ölcamp arbeitete, in Amsterdam seinen Urlaub verbrachte und bei mir wohnte, hätte eigentlich zurück gemußt, konnte aber länger bleiben, denn die Bezüge liefen weiter, so war es vertraglich ausgemacht.

Er verbrachte den Tag in Zandfort am Strand und fuhr gegen Abend zurück nach Amsterdam, um das Nachtleben zu genießen. Als er wieder mal durch die Dünen stromerte, stieß er auf einen Deutschen, der dort auf seinem Handtuch lag, und er wurde mit ihm bekannt. Sie beschlossen, sich am nächsten Tag an der gleichen Stelle zu treffen.

Beide hielten die Verabredung ein, und als ich am späten Abend von der Arbeit kam, fand ich beide im Bett.

Den Deutschen kannte ich schon aus Wiesbaden, wo ich eine Abteilung im Versandhandel übernommen hatte. Er arbeitete in der Bibliografie, hatte seine Lehre in Hamburg gemacht, war jeden Tag, immer zu spät, vom Dammtor zur Arbeit gehetzt, und abends, auf dem Weg zurück, am Gänsemarkt vor der *Palette* stehengeblieben.